岩　波　現　代　文　庫

つまらないものですが。

エッセイ・コレクション III

1996–2015

佐藤正午

Shogo Sato

文芸 362

岩波書店

目　次

一九九六年

この街の小説

これから書くことには直接関係のないプライベートな事柄なので、そこまでの経緯はすっかり省くけれどもある朝、外泊先から知人の車に便乗させてもらい、降りたのが島地町《しまんじちょう》の旧総合病院の跡地付近だった。

時刻はまだ七時前だ。

早出の知人はその足で勤め先へ車を走らせ、僕は自宅まで十数分の距離をぶらぶら歩きだした。仕事がら時間の融通ならいくらでもきくので近道をして急ぐこともない。

島地町と山県町《やまがたちょう》のちょうど境目にあたる通りに出た。佐世保に住んでいる人間ならかならず歩いたことのあるなじみの通りだ。進行方向にむかって右が山県町(その先が下京町《しもきょうまち》)、左が島地町(その先が上京町《かみきょうまち》)。

昼間から夜にかけて賑わう一角なのだが、いまは時刻が時刻なので人影はまったくない。僕はちらりと右側の建物を見て、むかしここには「東宝中央」という映画館がありり僕の小説が原作の映画も上映されたのだがいまは跡形もないと思い、次に左側に目をやって、むかしここには「東宝プラザ」という映画館がありまだ小説を書き出す前に暇つぶしによく通ったものだがやはりもう跡形もない、と朝からしばし感傷にふけった。それから前方へ、歩いて行く方向へ視線を戻したとたんに、思わず息をのんで、足を止めた。

ここだ、ここにカメラを据えてロングショットを撮れ、ともし僕が映画監督なら叫んでいたかもしれない。そう思いたくなるくらいに新鮮な光景が目の前から遠方へと続いていた。僕が立ちつくした通りは、百メートルほど先で四ヶ町《よんかちょう》アーケードと、そのもっと先ではアーケードと平行して走る国道三十五号線と直角に交差している。普段はそんなことすら意識しないのに、その朝、僕の視線はアーケードと国道を越えてもなお行き止まりのない、延々と（わずかに上り勾配で）京坪町《きょうのつぼちょう》までまっすぐに貫いた一本の通りをたどることができた。

京坪町のダイエーのあたりをこちらへ歩いてくる人物を僕はイメージしてみた。できれば親しい女性がいい。この時刻ならアーケード街はまだ眠っているし国道の車の往来もまばらだから、いまここに立っている僕と彼女とのあいだを遮るものはない。僕たちは二百メートルも離れた距離から手を振りあって自然に笑顔になる。はっきりと表情を見分けられる距離ではないけれどもお互いに相手の笑顔を感じ取ることができる。僕はまた歩きだし、彼女も同じペースで歩いてくる。ふたりはやがて下京町交差点の横断歩道の両端にふたりきりで立ち、信号が青にかわるまでのあいだに笑顔で朝の挨拶をかわすだろう。

佐世保に独り暮らしをしながら小説を書き続けてもう十何年かになる。それだけ一つの街になじんだつもりでいるのに、あるとき不意に、見慣れた街とは別の顔に気づいて愕然とすることがある。まるで身近にいる人に突然恋をしてしまうように、自分が長年住んでいる街をあらためて意識する瞬間がある。

それは誰にでもあるというのではなくて、実は僕みたいに出無精で、「街歩き」に縁がなくて、外に出てもゼンマイが緩んだようにぼーっとして歩いている人間にはある、と言い直すべきかもしれない。佐世保に何年住もうと佐世保を知らないままという事態は起こり得る。実際、僕はいまこれを書くために市街地図を広げて町名をいちいち確認しているくらいである。

十何年か前にはどこに住もうと同じだとあっさり片付けていた。一日の大部分を部屋にとじこもって過ごすのが小説家の日常だから、外のことは関係ない。たとえ仕事部屋の外が東京だろうとニューヨークだろうと、その街を出歩かなければ同じことだし、僕の出無精はどこに住んでも変わらないだろう。逆に言えば、僕には、現実に佐世保に住んでいながら仕事部屋の窓の外が佐世保の街だという意識が希薄だった。

その点はたぶんいまでも変わらない。朝遅めに起きて、夕方まで小説を書いて、晩飯に買い置きのスパゲティを茹でて食べ、あとは夜中まで本を読んだりテレビを見たりして一日が終わる。外へは一歩も出ない。そんな生活の中には佐世保という具体的な街の名前が入り込む余地などない。

だが、それにしても十何年も一つの街に暮らしていれば、人付きあいの悪い男にも何人かの顔見知りができる程度には、出無精の僕にもなじみの通りの何本かはできる。そしてそれらが突如見慣れぬ光景に変貌する時間にも立ち会うことになる。

自分が、いま住んでいるこの街をあらためて意識すること。それは繰り返しになるが、うぶな男が身近な女に恋をする瞬間に似ている。もっとくだけて言えば、この佐世保という街も、なかなか捨てたもんじゃないと、早朝の人気《ひとけ》のない通りの端っこで、僕はささやかな幸福さえ味わうことができる。

だからそのささやかな幸福を大事に育てて、モチーフにして、いつか佐世保の小説が書けるかもしれない。架空の地方都市ではなく具体的な固有名詞としての佐世保の小説。そんな小説を書く可能性は、十何年か前にはゼロだったのだが、いまなら、もしいまこの瞬間の幸福を小説にできるなら。そう思いつつ、僕はなじみの通りを下京町の交差点へむかって歩いてゆく。

（『毎日新聞』六月十四日）

毎日が同じ朝に

これでなくては、と決まったものはない。

とりあえずいま考えてみたところでは何もない。ビールの銘柄にしたって店の人から「何にします？」と訊ねられてつい「何でもいいです」と(ほんとに何でもいいので)答えてしまうほうである。夕方六時から始まるテレビのニュース番組もこの局と決めて見るわけではなく、七時からのプロ野球の中継局しだいで日によってチャンネルを変える。着るものも下着靴下をふくめてお気に入りのブランドがあるわけじゃない。電化製品も同様で冷蔵庫は日立、電子レンジは東芝、テレビはパナソニック、いまこれを書いているワープロはシャープである。それぞれをいったいどんな理由で買ったのかもよく思い出せない。コーヒー豆もインスタントカレーのルーもスパゲティの麺もいきあたりばったりでたいてい安売りの品を買ってくる。歯ブラシもあるときは毛先が球になっていたりあるときは山切りカットだったりする。歯磨きクリームも入浴剤も買い替えるたびに違う。シャンプーは最近ヴィダル・サスーンを使っているのだが、これはいまわざわざ風呂場に行って確認するまで知らなかった。だいたいこれまでの僕の女性関係を思い出してみても……まあこれはいいだろう、これを始めると話がぐんぐん逸れていくのでまた別の機会にゆずる。

さて。

にもかかわらず、これでなくてはという音楽はある。ある時期に、ある一曲を、毎日まいにち飽きずに聴き続けることはある。

具体例をあげると、いまから三年前と二年前の都合およそ二年間、僕は毎朝バッハの無伴奏ヴァイオリン・パルティータ第一番と第二番を聴いていた。そしてそれを聴き終わるとすぐさま長編小説の続きにとりかかった。

日数をかけて長編小説に取り組んでいると、毎日が同じ朝になる。朝起きるたびに、壁に『正』の字の棒を一本足したくなるような固まった生活になる。登場人物がバッハを聴くという設定なので、著者としてもちょっと耳を慣らしておこうと仕事前にそのCDをかけているうちに、いつのまにかその音楽までがルーティーンに組み込まれることが起こり得る。ベルが鳴ると犬は涎を垂らす。バッハを聴くと小説家はワープロの蓋を開ける。そういうわけでバッハのその曲なら当時は耳にタコができるほど聴いた。たぶん世界中でいちばん聴いていたんじゃないかと思う。

で、実をいうといまも新しい長編に取り組んでいて、毎朝同じ一枚のCDを聴き続けているのだが、その話はまた別の機会に。

（『小説すばる』七月）

一九九七年

裏話

小説を読みだす前にあら筋を知っておかなければ気のすまない読者もいらっしゃるだろう。小説は買ったけれど読む暇がなくて本棚に立ててある、でも遊びに来た友人から「これはどんな小説？」と聞かれたときに備えてぜひあら筋を知っておきたいという人もおられるかもしれない。世間もいろいろと複雑だから、なかには小説を読む習慣はないけれど気に入った装丁や変わったタイトルの本を集めるのが趣味で、もしできるなら集めた本のあら筋くらいはメモしておきたいという人だっているかもしれない。それらの人々のためにまず案内をつける。

こんど僕が書いた『取り扱い注意』は、

「県庁勤めの三十歳の役人と、無職の四十歳の叔父と、小学校六年生の女の子が三人で組んで一億円の現金を強奪する」

といったあら筋の長編小説である。

そんなことをいくら教えてもらったって、もともと小説なんか読まないし買いもしない、読むのも買うのも雑誌だけだという読者もいらっしゃるに違いない。もちろんそれはそれでいい。無理に読めとは言わない。ただこの本の装丁は上出来だしタイトルもそこらへんに転がってるタイトルではない。別に無理に読む必要はないから、この本を一冊目にコレクションを始められたらいかがだろうか。

さて。

ここからは、あら筋の案内なんてどうでもいい、とにかく小説が読みたい、私はこれまでも佐藤正午の本が出るたびに読んできた、著者がつべこべ言わなくても買って読むんだから引っ込んでろ、という得難い読者のために続ける。可能ならここに切り取り線を入れたいくらいである。小説についてはもうつべこべ言わずにそれを読んで頂くことにして、この先はちょっとした裏話になる。

『取り扱い注意』の一行目を書き出したのは一九九六年四月初旬のことだった。予定の枚数は三百五十枚。夏が終わるまでには書き上げる約束が担当の編集者とのあいだでかわされていた。

「前作の『彼女について知ることのすべて』はさ、殺人を扱ったせいであまりにもシリアスすぎたよね、書くのにも時間をかけすぎて少し疲れた、今度のは同じ犯罪物でも笑える小説にしたいんだよ、軽い乗りで、それも一気に書き上げたいと思うんだよね」

「いいですね」

そんな感じだった。

六月までに百五十枚書いた。予定通りである。編集者に読んでもらうために原稿を宅急便で送った。折り返し電話がかかってきた。「正午さん」年下の編集者が言った。「面白いですよ、これ。でも、あと二百枚で決着がつきますか？　なんかもっと長い小説になりそうな気配を感じますけど」

「つくさ」

「つきますかねえ」

「こっちはプロなんだよ、十年も小説を書いてきてるんだから、決着がつかないでどうするんだよ」

八月いっぱいで原稿は二百五十枚に達した。そこまでを読んでくれた編集者とまた電話で話した。

「もう夏も終わりですよね」

「申し訳ない、こっちは残暑が厳しくて」

「それとですね、あと百枚でどうやって話に決着がつくんでしょうか。僕は非常に疑問に思います、だってまだ肝心の現金強奪事件が起こってないじゃないですか」

「これからクライマックスだよ、まあそう焦らないで」

「あと百枚で？」

「百枚あればたいていの事件にはかたがつくって、小説家の腕を信じてよ」

九月が終わり、原稿は予定の三百五十枚に達した。まだ肝心の現金強奪事件は起こっていなかった。とにかく宅急便で送って読んでもらった。電話がかかった。

「さあ、どうぞ」編集者が言った。「いくらでも言い訳してみてください」

「きみが正しかった」僕は認めた。「いくらでも謝る、でも、こうなったら最後までとことん書かせてくれるよね？」

そこからの軌道修正が大変だった。

結局、最後の一行を書き終えたのは十一月初旬のことである。枚数は六百枚。精も根もつきはてた。編集者も同感だと言っている。

軽い乗りの小説でもさらっと書き上げるわけにはゆかない。


（『本の旅人』一月）

仕事用の椅子

食卓にも利用できる大きめの机という発想だったか、逆に机にも利用できる食卓という発想だったかよく憶えていないけれども、要するに小説書きに使っている机とは別にもう一つ欲しいと夜中にふと思いついて、その手のテーブルを探したことがある。

数年前の話である。二十代の若者が共同で商売しているという元気な家具屋さんを、人に勧められて覗いたところすぐに気にいったのが見つかった。値段を聞くと八万円だという。ダイニング・テーブルと椅子四脚のセットの値段なのだが、僕は孤独な中年のひとり暮らしだし、客が三人も訪ねて来るなんてことはめったにない。だから椅子は四つも要らない。まあ僕だって二十代の頃には一晩に客がふたり別々に訪ねて来て、弱ったな、という経験も人並みにないではないがそれはそれでまた別の話である。

で、試しに椅子抜きでテーブルだけ売ってもらえないだろうかと訊ねたところ、

「いいですよ。二万円でいいです」

ということだった。

セット価格との六万円もの落差に心を打たれてその場で配達を頼んでしまった。現在そのテーブルは仕事部屋ではなくて居間のほうに置いてメール書きに使っている。椅子はいつか気にいった一点ものを探そうと思いつつ無精して、近所の料理学校の先生から講習用の丸椅子を拝借したのをそのまま何年も使用している。クッションとは呼べない緑のビニールを被せただけの丸椅子なので、長いメールでも書くとさすがに尻が痛む。

これはつい最近の話である。仕事用の椅子が少しくたびれてきたので買い替えて、でも捨てるほど古くもないからそれを居間のテーブルのほうに回せばいい、そして丸椅子は持ち主に返却しようと夜中にふと思い立って、今度はなにしろプロの小説家が仕事に使う椅子だから多少は金をかけるつもりでそれなりの家具屋さんを覗いたところ、一目で気にいったのが見つかった。すわり心地を確かめながら値段を訊ねると、

「いいでしょう、その椅子、文句なしの一生ものですよ、十六万円です」

と店の人が言った。

輸入物だそうである。ノルウェーとかスウェーデンとかあのあたりの国名だったが、少なからずショックを受けたのでよく憶えていない。帰宅したその晩、つらつら考え直した。十年以上も小説を書くために使ってきた椅子だから愛着もある。古いという

だけで別に壊れたわけじゃないのだし、これからもこの愛着のある椅子で小説を書いてゆこう。丸椅子のほうは、ここ何年も持ち主が返せと言わないところをみるともう忘れてるのかもしれない。

仕事用の椅子は青いチェックの布張りの、肘掛けなしのシンプルな回転椅子である。一時期飼っていた子猫がいたずらをして背の部分が破れたので青の粘着テープで包帯を巻くように補修してある。小説家としてデビューした年に、気まぐれに立ち寄った家具屋で気にいって買った。値段は憶えていない。

（『小説すばる』二月）

ホームタウン

新しい本が出ると、それを近況報告の挨拶の意味をこめてデビュー以来お世話になっている何人かの編集者に送る。すると御礼の電話なり葉書なりが折り返し届いて、元気そうでなによりです、まあおかげさまで、といった感じのやりとりになる。

一つには僕がそうちょくちょく本を出せるタイプの小説家ではないせいもあるし、編集者は全員東京で働いていて、こちらは地方に住んで小説を書いているというせいもあるだろう。何かのついでにある編集者に連絡を取ってお茶を飲んだりご飯を食べたり、というようなことは日常的にはあり得ない。どうしても会って話す必要のあるときは、僕が旅支度を整えて上京するか編集者が飛行機に乗ってこっちへやって来るかのどちらかしかない。ちなみに僕はもう七年くらい上京した覚えがないので、一九九〇年以降は編集者がこっちへ飛んで来るしか会う方法はなかった。

だからいま書きつつある小説の担当の人を除けば、僕が編集者に会う機会はめったにないわけだし、新しい本が出たときに(平均すれば年にほぼ一冊の刊行ペースなのだが)、元気そうでなによりです、まあおかげさまで、とまるで編集者と小説家というよりも回復した患者とその手術を昔担当した医者のようなやりとりになるのも当然といえば当然である。

今年(一九九七年)三月に『バニシングポイント』という新刊が出たので、いつものようにお世話になった編集者に郵送したところ、そのうちのひとりから、

「ご無沙汰しております。あれから十年余とは信じられません」

という書き出しの葉書が届いた。もちろんご無沙汰しているのはお互い様である。あれから十年余とは、つまりその編集者が担当してくれた本が刊行されてから早くも十年と少しが経過したという意味だ。

その十年という数字に敏感に反応したのだが、僕はもう十年以上も一つの場所に腰を落ち着けて小説を書いている。あらためて思い出してみると、子供の頃から父親の転勤で引っ越しをくり返し、同じ土地に五年と住んだことがなかった。いまだに「故郷」という言葉を聞いてもどの街を想えばいいのか途方にくれるくらいである。それがすでにあれから十年と少し、デビューの年から勘定すると今年で十四年目、大学を途中でやめて実家に戻ったのがその二、三年前なので、結局まる十六年くらい僕はこの街に住み続けていることになる。

@

十六年も住み続けていれば、もうこの街を僕のホームタウンと呼んでもいいんじゃないかと思う。ある日届いた編集者の葉書にうながされて、いまさらながらに自分がどこにどう暮らしているかに気づかされる。嘘みたいな話だが、最近になってようやく僕はこの街を「故郷」として意識できるようになった。長崎県佐世保市、それがこの街の名前である。

一九九四年の夏、佐世保は旱魃に見舞われ、九月から翌年四月まで市内全域において給水制限が続いた。実に八カ月(市内の半分の区域では九カ月)もの長きにわたってわれわれ佐世保市民は水不足に悩まされたわけである。風呂をわかすにも、水洗トイレを流すにも、歯を磨くにも不自由した期間があまりにも長すぎたので、当時の後遺症はいまだに残っている。

たとえば地元のケーブルテレビは、自社製作の一時間番組の最後に、いまでも毎日必ず、市内のダム貯水率、貯水率の推移グラフ、月別平均降雨量といったものを報告している。つまり三年前の悪夢は決して一回きりではなく、天候次第ではまた今年もくり返される可能性があるのだと、常にこの街の弱点に注意をうながし続けている。

あるいは逆に言えば、その弱点を承知している市民の要求にこたえるべく、佐世保の水事情に関する数字にこだわり続けている。

で、それらの数字を大半の市民は頭の隅に置いて生活しているので、普段から節水に心がけもするし、晴天の日が少しでも長く続くと、たまたま乗ったタクシーの中ですら「ここらで雨が欲しいですよね」などとつい口にしてしまう。すると事情通の運転手さんが「いや、ほんとに。すでに一部の地域では給水制限の話が出ているらしいですよ」とこちらの不安をつのらせるような返事をしてくれる。これはダムの貯水率が五十パーセントを割り込んだ三月に、僕が実際にタクシーの運転手さんと交わした会話である。

例年、三月の降雨量は少ないということは月別平均降雨量を見れば判る。判っていながら不安は拭えない。季節がら桜の花の心配でもしたいところだが、貯水率が気になってそうもいかない。喉元過ぎれば熱さを忘れるの譬えもあれば、羹《あつもの》に懲りて膾《なます》を吹くの譬えもある。佐世保ではいまだに後者が幅をきかせている。

それからもう一つ付け加えれば、三年前の旱魃で痛い目にあって以来、僕は(というか、おそらく大多数の市民は)恵みの雨という言葉を身にしみて理解できるようにもなった。どの季節のどんな雨だろうと、天から降ってくる雨を見ると心の安らぎを感じるようになった。これでダムの水位が何センチか上がると頭の半分で現実的に喜び、残りの半分で、乾ききった佐世保の街が息を吹き返すように潤うさまをイメージして、自然への感謝を捧げたくなる。大げさでも何でもなくそういう気持になる。

@

遅い朝に起き出して、ひとりで朝昼兼用の食事をとり、夕方までワープロと向かい合って小説を書く、それが僕の毎日の習慣である。人付き合いの良いほうではないし、外に一歩も出ない日だって珍しくないので、あまり大勢の人とのつながりは生まれない。そんなふうにして僕はこの街で十六年間暮らしてきたし、今後も大まかな点では変わらないと思う。ただ、遅い朝に起き出して窓から空を眺め、それが晴れた日であれば、ダムの貯水率をふと気にせずにはいられぬ瞬間に、同じ街で暮らしている、見知らぬ大勢の人々と同じ思いを共有しているのは確かである。われらがホームタウンは今日も潤っているか?

最後になったが、ケーブルテレビの報告によると四月半ば現在、ダムの貯水率は九十パーセントを越えている。いまのところ佐世保に水不足の心配はない。

(『日本経済新聞』四月二十日)

悪癖から始まる

別に新聞の切り抜きを趣味にしているわけではない。つまり、わざわざ興味ある記事を探しだしてスクラップするために、毎日まいにち新聞を読んでいるわけではない。ただ一日の始まりに、朝刊にざっと目を通すのが習慣にはなっている。いつだったかある年配の作家が、

「朝目覚めたら顔も洗わず、着替えもせず、何をするよりも先に寝床から机に直行して小説を書き出すのが秘訣」

というようなことを雑誌のエッセイに書いていて、どこまでが本気でどこまでが冗談なのか見分けのつきにくい独特の文体とともに印象深かったので、

「本当にそうすれば良い小説が書けるのでしょうか」

となかば本気で訊ねてみたいとずっと考えていたのだが、その作家に会う機会は一度もないし、だいいちその作家が誰であったかもいまでは曖昧である。

だから曖昧な気分のまま、いまだに一日の始まりには朝刊に目を通す。小説を書く

人間にとっては、こんなのはぜんぶ悪癖と言えるのかもしれないな、と思いつつも新聞を読み、顔を洗い、着替えをすませて、CDを一枚聴きながらコーヒーをいれて飲み、それからやっと机に向かってワープロの電源を入れるのが僕の習慣である。

一年中そんなことを繰り返しているので、時にはひっかかりがある。一日の始まりに目を通す朝刊の記事の中に、道端ですれ違って視線の絡んだ美女のように後ろ髪を引かれるものを見つけて、小説書きの仕事にかかる前に、忘れないうちにその記事の周りをボールペンで囲ったうえで頁ごと抜き取っておくことだってある。

抜き取っておいた頁は、年末の大掃除のときなんかに改めて読み返すことになる。埃をかぶったのを指でつまんで読み返して次から次へゴミ袋にほうり込む。それが一年のしめくくりの習慣といえば習慣で、また新年の元旦から一日の始まりに朝刊を読み、後ろ髪を引かれる記事があればその頁を抜き取ることになる。たとえば市内に住む無職の五十五歳の女性が「現住建造物放火」の疑いで緊急逮捕されたという記事。その女性は真夜中に「自宅から鍋に灯油を入れてタクシーで」内縁の男の家まで出かけ、勝手口の板戸に灯油をふりかけライターで点火した。

僕はこの記事も何年か前のある朝にボールペンで囲って頁ごと抜き取っておき、そしてその年の暮れに読み直してゴミ袋の中に始末した。だから手元に残ってはいないし、これ以上の細かい点は何も憶えていない。憶えていないからこの記事についての話はここまでだが、そのかわり、「自宅から鍋に灯油を入れてタクシーで」運ぶ女をイメージして、三年前に小説を一つ書いた。中年のタクシーの運転手の視点から書いた短編だった。

僕としては独立した短編のつもりだったのだが、発表雑誌の担当の女性が、よかったら先を続けません？と提案してくれた。で、今度は「自宅から鍋に灯油を入れてタクシーで」運ぶ女と恋をした男の視点からもう一つ短編を書いた。するとまた担当の女性が、

「最初に書いたタクシーの運転手の奥さんてどんな人なんでしょうね？　知りたいですよねえ、読者だって読みたいと思ってるはずですよ」

と小説家を上手におだてるようなことを言った。それでその気になってタクシーの運転手の妻の視点から三つ目を書いた。

そうやっておよそ二年がかりで書き続けた七つの作品を一冊の本にまとめたのが今回刊行された『バニシングポイント』である。結局この小説は、毎朝繰り返される小説家の悪癖から始まり、担当の編集者にうまく導かれて出来あがった。どちらがなくても生まれなかったはずなので、とりあえず、この場をかりて後者に感謝する。

（『新刊展望』五月）

初めての文庫

デビュー作の『永遠の1／2』が集英社文庫に収められたのは一九八六年の春で（奥付によると四月二十五日）、それが僕にとって初めての文庫ということになる。

当時はまだ単行本を三冊しか出していない三十歳の青年小説家だった。古いメモを読み返してみると、前年の十一月に三冊目の『リボルバー』が刊行されたばかり、同じ頃『青春と読書』には後に六冊目の単行本になる『童貞物語』を連載中で、年が明けるとまもなく担当者と五冊目になる予定の『恋を数えて』の打ち合わせに入り、そして春には『永遠の1／2』の文庫からわずか五日遅れて四冊目の単行本『ビコーズ』が出版される、ちょうどそういった時期である。

青年小説家としては順調な時期だ。もう少し個人的な話をすれば、その年の二月に僕は長年居候していた実家を出て独立している。たぶん専業作家としてやっていける手ごたえをつかんだんじゃないかと思う。しかもその手ごたえのいちばん大きな部分はデビュー作の文庫化にあったんじゃないかと思う。

単行本は順調に三冊出した。四冊目もじきに出るし、六冊目までは予定が立っている。が、そのあとはどうだ。七冊目、八冊目はどうなる。翌年もその翌年も、五年後十年後までも延々と原稿用紙のマス目を一つひとつ万年筆で(その頃はワープロではなく万年筆で小説を書いていた)埋めていく地味な仕事を続けられるのか？　続けられなければ結局、小説家の看板をおろしてまた居候生活に戻るしかないのだが。

だが文庫は残るだろう。五年後十年後までも、あるいは次の世代その次の世代へまでも読み継がれるだろう、と一九八六年当時僕は思った、のではないかと思う。なにしろ僕は若い頃に古今東西の名作を文庫で読みあさった世代なのだ。文庫は読まれ続ける。だからこれでもう大丈夫だろう。文庫になった『永遠の1/2』は今後もそれこそ永遠に読み継がれる。ということはそのぶん印税が入り続けるわけだから独立してもかなり楽にやってゆける。予定の六冊の単行本が全部文庫に入ってしまえば、そこで小説書きをやめて引退しても十分生活できるかもしれない。

もちろんそんなことはない。そんなに甘くはなかった。初めての文庫が僕に専業作家としてやってゆく決意を固めさせた、それだけが確かで、あとの期待は大いなる空振りだった。

あれから十一年経って僕はいまだに小説を書いている。

（『青春と読書』臨時増刊六月十日）

一九九八年

言葉をめぐるトラブル

高校時代、クラス担任でもあった国語の先生がある朝、ホームルームの時間に次のような夫婦喧嘩の話をされた。

その年配の夫婦は先生と同じ町内に住んでいるのだが、ゆうべふたりそろって先生の家を訪れて、いきなり玄関先で、どちらが正しいか白黒をつけたいので判定してほしいと訴えた。何をどう判定すればいいのか先生が聞き返すと、夫婦の揉め事の原因はどうやら「言葉遣い」にあるらしいことがわかった。夫と妻とどちらの「言葉遣い」が文法的に正しいのか、ふたりでいくら議論してもらちがあかないので、それなら国語を専門に教えている先生に決めてもらおうという成り行きだった。とにかく落ち着いて話しましょうと先生は提案し、玄関先で文法の解説も何だからふたりを家にあげた。

僕の記憶はここまでである。

その夫婦が具体的にどんな「言葉遣い」の問題を抱えていたのかも、それに対して先生がどんな判定を下したのかもわからない。夫婦喧嘩の顚末から、先生が何らかの教訓を導き出して僕たち生徒に聞かせたのか、あるいはこの話には教訓なんてくっついていなかったのか、そのへんもまったく憶えていない。なにしろもう二十数年前の出来事である。僕が憶えているのは、高校時代に、クラス担任でもあった国語の先生がある朝、ホームルームの時間にそのような話をされたという事実だけだ。

しかもその事実を、二十数年のあいだ折にふれて何度も思い出すことがあったというわけではない。実を言えばついさっき、ワープロの電源を入れてこの文章を書き始める前に、一本のタバコをくゆらせていてふいによみがえった記憶である。四十二年も生きていれば、ふいによみがえる記憶にも事欠かない。が、ふいによみがえるにはよみがえるなりの理由も(たぶん)あるわけで、ここに三つ、二十数年前の記憶を芋づる式に掘り起こすきっかけになった(と思われる)エピソードを紹介する。

まず、ある女友達から聞いた噂話。

彼女の知り合いに、昨年結婚して、二か月後に別居して、三か月目には離婚してしまったカップルがいる。

別居も離婚も言い出したのは妻のほうだった。なぜ、そうしたのか。女友達が本人から聞いた話では、結婚後まもなく夫婦喧嘩をしたときに、夫がきわめて不適切と思える二人称で彼女を罵ったことがあった。その二人称で呼ばれたことが妻には驚きであると同時に、後々まで耳にこびりつくほどの不快さで、やがて同じ部屋で同じ空気を吸うのも嫌だという状況にまで彼女を追いつめる元々の原因になった。

要するに、夫の口走った一言が夫婦のあいだに深い亀裂を入れたわけである。

もちろん話の途中で、僕はその夫の口にした「きわめて不適切と思える二人称」がどんな言葉だったのか、女友達に確認した。

「そこまでは憶えてないけど、たとえば、「てめえ」とか、「きさま」とかだったんじゃない？」

と女友達は答えた。

次に、あるカラオケ・スナックで従業員の女性から仕入れた話。

男性客のひとりが演歌を歌って、一緒に来ていたグループから絶賛の拍手を浴びた。グループの中には一組の夫婦がいたのだが、その妻のほうが、拍手するだけでは物足りなかったのか、

『開眼』

という言葉を使って、男性客の歌が前よりいっそう上達したことをほめた。

その際に妻は『開眼』を「かいがん」と発音した。すると夫が聞きとがめて、それ

を言うなら「かいげん」だろう、「かいがん」と読んだ場合には目が見えるようにすることの意味になるんだよ、と注意した。

「彼は歌をうまく歌っただけで、別に眼の手術に成功したわけじゃないんだからさ」と少し酔った夫は付け加えた。「開眼手術、とかいうときに「かいがん」と読むんだよ、きみの言いたいのは物事のこつをつかむという意味の「かいげん」だろう？」

「そんな細かいこと」と少し酔った妻が抗議した。「どっちだってかまわないじゃないの、相手に意味は通じてるんだから」

「細かくはないだろう、国語辞典にちゃんとそう載ってるんだし」

「細かいじゃないの、カラオケと国語辞典と何の関係があるのよ、もうちょっと場所をわきまえて喋ったらどうなの、人前であたしに恥をかかせるのがそんなに楽しいわけ？　あたしが言いたいのはね、あたしの言葉が正しいかどうかの問題じゃなくて、あなたのマナーの問題なの」

むろんこのあと夫婦の言い争いは、酔ったいきおいで止まるところを知らなかった。

もう一つ、これはある女性読者から僕に届いた手紙の話。

彼女は以前つきあっていた男性とドライブに行った先で、道路標識の『登坂』車線を彼が「とうはん」と読むのを聞いて、正しくは「とはん」と読むべきではないかと思った。思っただけで口には出さなかったけれど、結局そのことが後々までしこりになって、交際をやめてしまった。

「でも最近、一二通りの読み方のある言葉についての正午さんのエッセイを読んで、試しに辞書を引いてみたら、登坂をとうはんと読むのもあながちまちがいではないと知りました。彼の教養を疑ったりしたことをちょっぴり後悔しています」

そんな内容の手紙だった。

こうして、金銭とか嫉妬とか世間でおなじみの材料を抜きにしても男女間のトラブルは発生する。それをできるかぎり回避するためにも国語の勉強は大切なのだと、果して二十数年前のホームルームの時間に先生は教訓を一つ付け足されたのかどうか、繰り返しになるが記憶はどうしてもよみがえらない。

（『月刊国語教育』三月）

真夜中の散歩

真夜中というべきなのか、夜明け前とか明け方といったほうが適切なのか迷うくらいの、とにかくまだ暗い時刻にアーケード街を自転車で流していると、顔にあたる風の中にふいになまめかしい甘い匂いがまじる。

左手前方の広場からその匂いは来る。自転車のブレーキ・レバーをしぼり、惰力でいったん通り過ぎてからUターンしてみると、広場の入口に鳥居型の看板が立っていて、翌日が「春の花市」の初日であることがわかる。

広場には生花業者の名前入りのテントが張りめぐらされている。テントの下には、オレンジがかった電灯に照らされてベゴニアとかゼラニウムとかセントポーリアとかの(と見分けがつくほどくわしくないので想像で言うのだが)鉢植えがびっしりと並べられている。

テントとテントのあいだの通路を自転車を押して歩いてみる。見とがめる人もいない。

ひとめぐりして、明日からの花市の準備がすっかり整っていることを確認して、またアーケードに戻り、さきほどと同じ方向へ自転車を漕ぎはじめる。吹いてくる風が心地よい。おだやかな春の夜だ。

いや、もう朝と呼ぶべきかもしれない。だいぶ前に新聞配達のバイクともすれ違ったし、夜明け前とか明け方とか呼んだほうが適切かもしれない。

まあそれはいい。ここでつきつめて考えるほどの問題でもない。それよりも、人が安らかな眠りについているはずのこの時刻に、なぜアーケードを自転車で流したりしているのか。

いったいこの男は何をやっているんだ？

と、たぶん書き出しの部分を読んで読者も小さな疑問を持たれただろう。

で、ここから先が、その疑問を解くための鍵の部分になる。

毎朝、一日の始まりに冷蔵庫を開けてオレンジジュースを取り出すように、起きぬけにパソコンを立ちあげてメールを取り出す。というほどの習慣になっているわけではないが、だいたい一日に一度、玄関の郵便受けを覗いてみるくらいのつもりで電子メールの着信を確認する。仕事の依頼がきていることもあれば、掘り出し物のビデオを買いませんか？という勧誘がきていることもある。

ある日学生時代の友人から届いたメールをひらくと、浄瑠璃寺という単語が目にとまった。別にその寺についてくわしく解説されていたわけではなくて、近況報告のついでに、「浄瑠璃寺に行ってきた。これについては堀辰雄が『浄瑠璃寺の春』という文章を書いている」と付言されていただけだ。

いまから五十年以上も前の春、堀辰雄は妻をともなって大和路を旅した。その途中で立ち寄った「浄瑠璃寺の小さな門のかたはらに」咲いていた馬酔木の花のことを書いた随筆が『浄瑠璃寺の春』である。

僕はそれを市立図書館の閲覧室で読んだ。大和路のうららかな春の一日の気配が、読後も頭の中に霞のように漂っていた。何だか自分には縁のない世界にどっぷり浸った、そんな感じがいつまでも消えなかった。

僕は四角いビルの中に住んでいる。ビルの表側は国道三十五号線に面し、裏側はまず市営駐車場、フェンスを隔てて鉄道の線路、またフェンスを隔てて二車線のバイパス道路、そのむこうが魚市場、その先が佐世保港というロケーションである。ただしそのうちの市営駐車場と魚市場はいまはもう消えている。駅周辺土地区画整理事業というのが進行中で、魚市場はとっくに移転し、残った建物は取り壊されて跡形もない。駐車場のほうはコンクリートが掘り返され粉々にされて運び去られ、縦横がおよそ二百×百メートルのだだっ広い土地にならされて、その上にいま県の文化施設が建築中である。

従って、日曜をのぞく毎日、昼前はそこで大型クレーンやブルドーザーが働いている。僕が小説を書いている部屋の窓越しに、クレーンが重い鉄骨を持ち上げる音やブルドーザーのキャタピラの動き回る音が鳴り響いている。それがうるさくて仕事にならない、というほどの繊細さが僕には欠けているのか別段支障はない。工事中であろうとなかろうと、原稿がはかどるときははかどるし、だめなときはだめだ。

ただ、ひと仕事終えてベランダから眺めるビルの裏手の景色は、以前とくらべて確かに味気ない。おまけに空気が埃っぽくて、うららかな春の日というにはほど遠い。『浄瑠璃寺の春』か、と思わずつぶやいてみたくなる。もっと春らしい春を呼びこむための呪文みたいに。堀辰雄、か。

そういえば、この春は桜も見なかった。図書館の窓から風に運ばれる花びらをちらりと目にしたような気もするが、結局、寄り道もせずに埃っぽい仕事場に戻って、長編小説を書き続けた。いくらなんでも、花見もせずに春が終わってしまうのでは(たとえ締切りが間近に迫っているとはいえ)、人生が味気なさすぎるんじゃないか?

と反省したのがベッドの中で、時刻はすでに午前三時だった。着替えて自転車に乗った。往復小一時間かけて市内の桜の名所へ駆けつけてみたが、いちばんの見ごろの日曜に雨が降ったあとだったので葉っぱばかり目立った。なにしろ佐世保は坂道が多いし、自転車を漕ぐのも久しぶりだったから、帰りつくと「膝が笑う」状態で、疲れはてて寝るどころではない。午前八時に、文化施設の建築に従事する人たちのラジオ体操が始まるのを確認して、ようやく眠れた。次に目覚めたのは午後四時だった。

こうして話は冒頭へ戻る。

夕方近くに起き出して、小説を書き、ひと休みしてまた小説を書くと夜中になる。でもまだ目がさえている。独り者の気楽さでつい自転車を漕ぐ。あてもなく夜の町を流す。遅い春の気配を満喫して、途中で新聞配達のバイクとすれ違って、帰り着いてラジオ体操の音楽を聞いて眠る。そんな一日のサイクルを、どこかで修正しなければと思いつつも、この春僕はもうまる一週間ほど繰り返している。

（『日本経済新聞』四月二十六日）

悔やみ

パキさん、と愛称を自然に口にできるまでの個人的なつきあいはなかったし、まして僕は映画界に身をおく人間でもないのだから、いまとなっては、地方に住む一映画ファンの立場からかつては憧れの名前の一つだった映画監督の名前を、藤田敏八、と素のままで呼ぶのがいちばん適切のような気がする。

藤田敏八は一九八七年に僕の地元である佐世保を訪れた。当地でロケのおこなわれていた根岸吉太郎監督『永遠の1／2』に、主人公の父親役として出演するために、つまり役者として僕の前に現れた。

藤田敏八と僕はいちど酒を飲み、いちど麻雀の卓をかこんだ。細かいいきさつは記憶にないのだが、どちらの席にも脚本家荒井晴彦が一緒にいた。ひょっとしたら酒を飲んだのも麻雀をしたのも同じ晩だったのかもしれない。そのあたりのことを、荒井晴彦が昨年、文芸誌『すばる』に寄稿した追悼文の中でこう記している。

「八七年、パキさんは根岸吉太郎の『永遠の1／2』に出演していた。佐世保に遊びに行った俺とパキさんと原作者の佐藤正午は毎日麻雀、『リボルバー』を映画にする話がまとまる。しかし、遺作になるなんて思いもしなかった」

毎日麻雀、というのはどんなに記憶をたどっても荒井晴彦の強引な脚色としか思えないのだが、そのときに藤田敏八の最後の作品になる『リボルバー』映画化の話がまとまったのは、大ざっぱに言ってしまえば、あるいはそれはその通りだったのかもしれない。

藤田敏八にビールのお酌までしてもらい、僕が舞い上がっているところへ、荒井晴彦はひとり遅れて実際「佐世保に遊びに」という感じでふらりとやって来た。そしていきなり、きみの小説『リボルバー』は読んだ、パキさんが撮るのならおれがホンを書く、それでいいか？　といった雲をつかむような(と僕には思えた)話をはじめ、その話を藤田敏八は乗り気なのかそうじゃないのか皆目見当のつかない眠たげな表情で聞き、ときおり脈絡のない短い質問を(きみは結婚は一度もしてない？　とか、お父さんはご健在？　とか)はさみながら、もっとビールを飲めと脚本家に圧倒された僕を気遣ってくれたのだった。

翌年、藤田敏八は鹿児島で『リボルバー』を撮った。そのころ、助監督としてついていた竹下昌男から、藤田さんがこっちに遊びに来いって言ってるよ、と何度か誘いの電話があった。おそらく藤田敏八は、人見知りする原作者が気軽にロケを見物に来られるように気遣ってくれたのだと思う。竹下昌男と僕が以前からつきあいのあることを知っていて、わざわざ電話をかけさせたに違いないのだが、当時の僕は何を考えていたのか、結局、鹿児島へは行きそびれた。

一九九七年、つまり佐世保で会ってから十年後の初夏、藤田敏八が入院しているという知らせをうけた。電話をかけてきたのはやはり竹下昌男で、その口ぶりから病がそうとうに重いことが察せられた。

「うちのかみさんの父親が亡くなったときと症状が似てるし、もう、長くないかもしれない」

と、日頃は映画以外には女の話しかしない男が暗い声で呟くので、何とも答えようがなかった。その電話でだったか、夏の終わりに訃報を聞いたときの電話でだったか、竹下昌男が言うには、ベッドの上の藤田敏八は、

「佐藤さんは最近どうしてる、元気か？　小説は出たら読むようにしてるけど、あんまり売れてないみたいだな」

というような話をしてくれていたらしい。

十年前に、たった一度だけ会った愛想の悪い小説家への気遣いを、藤田敏八は最後

の最後まで忘れなかった。その気遣いにどんな形であれ一度も答えられなかったことが、いまは悔やまれてならない。

（『映画芸術』春）

食生活の内訳

最近会った編集者から、

「佐藤さんの小説に出てくる朝ご飯のメニューといえば、たいていトーストと目玉焼とサラダですよね？」

と不意の指摘をされて、ざっと記憶をたどりながら、そういえば登場人物の朝飯に「炊き立てのご飯とみそ汁と納豆と鰺の干物」とかは書いた憶えがないなと芸のなさを反省していると、続けて、

「あれは佐藤さんの実生活が反映してるんでしょうか？」

とまた思わぬ質問を受けた。

で、僕はそのときこんなふうに答えた。

だいたい毎朝十一時前後に起きる。起きるとすぐに冷蔵庫を開けて、オレンジジュース、または果肉入りのヨーグルトを口にする。それから朝刊に目を通し、コーヒーをわかして、買い置きのクッキーを一枚か二枚齧り、机に向かってワープロの電源を

入れる。

それが一日の始まりの習慣である。春夏秋冬そのような朝が繰り返されている。だから僕の実生活における朝食のメニューと(強いて)いえば、オレンジジュースまたはヨーグルト、マグカップ一杯のコーヒーと、一枚か二枚のクッキーということになるだろう。

ワープロの電源を入れてだいたい夕方四時前後まで小説を書く。夕方になると電源を切って、背伸びをして、顔を洗い、今度はもっときちんとしたものを、というか腹にたまるものを口にするのが習慣で、「定番」になっているのは宅配ピザとか、ケンタッキーのフライドチキンとかモスバーガーとかである。

そのあとだらだらテレビを見たり本を読んだりして夜を過ごす。だらだらと過ごしても腹は空くので深夜にもう一回食事を取ることになる。近所のコンビニまで散歩がてら歩いてお握りを買ってきたり、外が暑かったり寒かったりすると歩くのが面倒なのですぐそばにある弁当屋さんのシャケ弁当とかですませることもある。

まあ、それが僕の一年を通しての「食生活」の内訳ですね、と説明すると、編集者はそのときはただ微笑を浮かべて、

「そうですよね。お仕事が忙しいと料理に凝ってる時間なんかないですよね」

とコメントをはさんだ、ような気がする。酒の席だったので詳しくは憶えていない。が、それから何日か経って、その女性編集者から仕事の件でEメールが届き、追伸として「もっと栄養のあるものを食べて、良い小説を書いてください」と一言添えてあった。

そう心掛けようといまは思っている。と同時に、このコラムを、仮にもタイトルに「グルメ」の文字の入ったコラムの依頼を二つ返事で引き受けて、堂々とここまで書いてしまったことに非常に恐縮もしているわけである。

（『小説すばる』十二月）

一九九九年

わが心の町

僕は長崎県佐世保市に住んで日々小説を書いているのだが、仮に、そうではなくてどこか遠く離れた土地に住んでいたとする。

で、久々に懐かしい佐世保を訪れたとする。

JR佐世保駅に着いた。

改札口を出て、さて、それからまずどっちの方角へ歩いてゆくか?

という自分にむけた設問の、回答に従えば、この文章のタイトルに行き着くことになる。

佐世保競輪場のほうを先にちょっと覗いてみたいとの誘惑にもかられないではないけれど、迷った末に、やはり僕の足は反対の方角へ向くだろう。

佐世保駅の改札口を出て、通りを渡らずにそのまま右へゆけば競輪場、左へゆけば佐世保の夜の繁華街——「山県町界隈」まで目と鼻の先だ。

競輪場は若い頃の自分の思い出とつながっている。特に小説を書き出す前、いまで言えばフリーター時代の思い出と直結している。競輪場ではいつも独りだった。競輪場にかぎらず、当時の僕はどこにいても常に独りだった。誰とも口をきかぬまま一日が終わることすら珍しくなかった。

逆に、山県町界隈からは、自分自身が若かった頃のというよりも、まだ若かった自分がそこで出会った人たちの思い出を拾うことができる。僕が独りでいることをやめたのは小説家としてデビューしたあとだった。それでももう十五年前の話だ。

デビュー作を担当してくれた編集者が佐世保を訪れて、夜の街にまったく不案内な僕を引っぱって、あてずっぽうで見知らぬ酒場のドアを開けた。それが最初の出会いになった。その晩がきっかけで僕は誰彼の区別なく(と言っていいと思う)他人と口をききはじめた。

山県町界隈には何百軒もの店があるので、もちろんそのほんの一部でということだが、僕は本名ではなく「佐藤正午」のペンネームのほうでかなりの人数と出会ったり別れたりをくり返した。まだ二十代だった僕を、同じように若かった彼らは「正午さん」とおもに呼び、僕は僕でそう呼ばれることに次第に慣れた。当然ながら、彼らのほうにしても夜の街では本名ではなくいわゆる「源氏名」で通すのが一般的だから、関係としてはそれでイーブンだったわけである。

いまだにその界隈で僕を本名で呼ぶ人はいない。しかも、なにしろ出無精で昼間はほとんど外出しないので、夜の街以外で誰かと出会って口をきく機会などゼロに等しい。

結局のところ、現在佐世保で僕の本名を記憶している人間は僕自身を除けばひとりもいないということになる(なるだろうと思う)。

だから、ここでまた最初に自分で立てた設問に戻るわけだが、佐世保駅の改札口を出て、少し迷ったあとで、やはり僕は左へ歩いてゆくだろう。群衆の中の名前もない一青年の足跡をたどるよりも、それはやはり、ささやかでも友情や恋や別れの刻まれた十五年の歴史のほうを選ぶだろう。

(『別冊文藝春秋』一月)

街の噂

小説を書いているくらいだから、もともと人の噂話を聞くのも、噂話を人に伝えるのも好きだ。

でもこう書き出すと、僕以外の小説を書いている人たちの立場がなくなるので、「僕などの場合は」と但し書きを頭に付けたほうがいいかもしれない。あるいは、小説を書こうと書くまいと関係なく、僕は噂話が好きである、と言い直して話を進めたほうがいいかもしれない。

誰かと誰かがくっついたとか、誰かと誰かが泥沼の三角関係だとか、そういった噂話の基本形はむろん好きだ。

知り合いから電話がかかって(知り合いというのはおもに女性なのだが)、その種の情報がもたらされると、昼間だろうが夜中だろうがとにかく興が乗って長話になる。受話器を左手に持ち、右手にボールペンを持ってメモを取りながら一時間でも二時間でも話しこんでしまう。

「ちょっと待って、いまのとこをもう一回説明してくれる？」

「何をごそごそやってるの？」

「人物の相関図をメモしてる」

といったことにもなる。

メモを取るのは当然、いつか小説に仕立てられないかとの下心からなのだが、その下心が日の目を見たためしはない。

誰かと誰かが悲しい別れ方をしたとか、その原因は誰かにあって、その誰かは過去に誰かとくっついていた誰かの双子の妹のことだとか、そういったメモは、こんなふうに説明すれば判りにくくなるけれど、よく思い出してみれば、とっくに誰かが小説に書いてベストセラーになってしまっているのと酷似した人物関係だからである。だからいくらメモを取っても小説を書くときに利用できたためしはない。ためしはないけれど、わずかながら例外もある、という話にこれから移ります。

あるとき知り合いの女性から電話で聞いた話なのだが、風変わりな「娼婦」の話が噂にのぼっているらしい。

その娼婦は人込みの中にひとりぽつんと立っている。

人込みの中にひとりの娼婦を見つけるのは大変じゃないか？　とふと思ったりもす

るのだが、それがそうでないのは彼女が、赤い手袋をはめて立っているからである。しかも片方だけ。

で、赤い手袋を片方だけはめて人込みの中に立っている女を見つけると、男のほうはこう訊ねる決まりになっている。

「失礼ですが、手袋を落としませんでしたか？」

「ええ、落としました」と相手が答える。「それで困ってるんです」

「僕が拾いましたよ」

「まあ、ありがとう。拾ったところまで連れて行ってもらえません？」

こうして商談は成立するのだ、と噂は伝えている。

実はその噂をもとに「あなたの手袋を拾いました」という短編小説を書いた。『小説すばる』発表時にすでに読まれたかたは、どうしてその噂があんな複雑な小説になるんだ？と疑問を持たれるかもしれないけれど、そのあたりが小説家としての芸、というか技というかの見せどころにもなっている。

足かけ二年にわたって、僕はほかにも噂をもとにした短編を、

「好色」

「カップル」

「アーガイルのセーターはお持ちですか？」

「輝く夜」

「食客」

と書いてきた。

全部で七作品の約束だったのだが、その七作目、最終回のもとになる噂が入手できず書き悩んでいるところへ、担当の編集者が電話でヒントをくれた。

「語り手の噂が抜けてますね？」

小説の語り手の「私」は現実の僕と同様に、街の噂の収集に余念のない小説家として設定してある。

「語り手の私自身に関する噂をもとに、もう一作書いて加えれば、この連作は完璧になります」

「なるほどね」

他人の噂を無責任に聞いたり喋ったりしてると、いつか自分自身にも手痛いしっぺ返しが来るだろう。噂の蔓は無責任を養分にして、思わぬ速度で思わぬ方向へ伸びてゆき、噂に深くかかわる人間も浅くかかわる人間も区別なく全員を搦め捕ってしまうからだ。

そこで僕は「グレープバイン」という作品を書いた。小説を書いている人なら、必ず一度は痛い目にあっているだろう、と想像される種類の噂をもとに。

こうして噂の作品集『カップルズ』は完璧なかたちで世に出ることになった。作品自体ももちろんだが、装丁も申し分のない出来で、もう当分のあいだ、これ以上の本は世に出ないのじゃないかとさえ思う。

できればその点を、みなさんに書店で手に取って確かめていただいて、「あいつが『青春と読書』で書いてたことは本当だった。こんな良い本はもう当分のあいだ世に出ないかもしれない」

そういった噂がどこまでもどこまでも広まってゆけばいいな、というのが作者の願いです。

（『青春と読書』二月）

［書評］

盛田隆二『湾岸ラプソディ』

連休は競輪場に通いつめるうちに過ぎた。そのあとはまた仕事部屋にこもって、締め切りのある原稿をぼちぼち書き、合間に次の長編小説の構想を練っている。登場人物のメモを取ったり冒頭の一行目をああでもないこうでもないと考えたりしながら、その一行目を実際に書き出すきっかけを、というか書き出して先を続ける勇気がわくのを待っている。

ゴールデンウィークの前には、初対面の編集者が佐世保まで会いに来てくれて、僕と同世代の作家たちの話になった。なかなか新刊の小説が出ないので寂しい、とぼやくので、たとえば誰の？ と聞くと、何人かの名前をあげたあとで、それからモリタさん、と最後に彼は言った。盛田隆二。同感だ、彼の新作は僕も待っている。

盛田隆二著『湾岸ラプソディ』(のちに『夜の果てまで』と改題)は、編集者とそんな話をした直後に刊行された。お待ちかねの長編小説である。一通の失踪宣告申立書からこの小説は始まる。申立人は夫。失踪したのは妻。一九九一年三月一日の夕方、買い物に出たまま彼女は戻らなかった。

そして第一章は一九九〇年三月から書き出される。並の小説なら、そこからまる一年のやるせない事情が説明されて、クライマックスで一九九一年の三月一日が描かれるはずなのだ。でもこの小説はそうではない。女が失踪する三月一日にはたどり着かぬまま終わる。終わったあと、冒頭の失踪宣告申立書がまた生きてくる。そういう仕掛けになっている。読者は本を閉じたあとで、改めて、その問題の一日に思いをはせるだろう。必ずそうしたくなる。そして現実には書かれていない幻の頁を読むことになる。

つまり、本当はそこにないものを、鮮やかに見せてくれる。たとえれば、読後、頁の余白に美しい虹をかけて見せる。『湾岸ラプソディ』はそういう稀な小説だと言っていいと思う。

（『日刊ゲンダイ』六月十七日）

［映画評］

『スウィート・ヒアアフター』

この映画とはちょっと因縁がある。

昨年（一九九八年）の今頃、僕は『Y』という長編小説を書いていた。一九九八年九月の渋谷を舞台にした場面にちょうどさしかかったところだった。つまり、現実の時間よりも何カ月か未来の話を書こうとしていたわけだ。

登場人物が渋谷の（実在する）映画館でデートをするという設定なので、九月にそこで上映される予定の映画を、ツテを頼って調べてもらったところ、

「わかりました、『スウィート・ヒアアフター』というタイトルです。とても評判のいい映画らしいですよ」という回答だった。

僕はそれを聞いてがっかりした。小説に書きたかったのは、登場人物の男女が、上映中の映画に退屈して、がら空きの座席で密かに性行為を始めるという場面だったからだ。とても評判のいい映画なら、周りに観客の数も多いだろうし、登場人物も退屈はしないだろう。

「試しに見てみますか？　字幕なしのビデオなら手に入りますけど」と親切な申し出もあったけれど辞退して、結局、映画館の実名を削り、架空の退屈な映画を上映させるというふうに、小説の設定をいじるほうを僕は勘で選んだ。

で、それから一年が過ぎた。小説を書き上げたあと、その小説にまつわることはすっかり忘れるのが恒例なのだが、先日、一年ぶりに『スウィート・ヒアアフター』というタイトルをレンタルビデオ屋で見かけて、ああ、これか、と咄嗟に手が伸びて、借りてきた夜のうちに二度続けて見てしまった。

雪の日にスクールバスの事故で大勢の子供が命を落とす。子供たちの親に、バス会社を相手どって訴訟を起こさせるために弁護士が田舎町を訪れる。それが物語の大筋である。が、大筋に沿って物語は進まない。事故の前日、当日、事故直後、事故から二年後、あるいは遠い夏の記憶のシーンが日記の拾い読みのように順不同に切り替わってゆく。

わかりづらいと言えばわかりづらい。陽気なユーモアにみちた話でもないし、大泣きに泣ける話でもない。でも見終わって、たとえば弁護士の携帯電話に繰り返しかかってくる娘からの不吉なコレクトコールとか、料金は払いますか？　払いますという交換手とのやりとりとか、それにもちろん雪道を走るくたびれた黄色いスクールバスとあとを追いかける父親のトラックとか、絶対に忘れられないエピソードが数多く残る。つまりこの映画を見ているあいだ、僕はぜんぜん退屈はしなかった。

少なくとも、この映画に途中で飽きて性行為を始めるのは普通の人には困難だろう。小説の設定のほうをいじって正解だったと思う。

（『小説すばる』六月）

夏の夜の記憶

夏の夕暮れどき、佐世保のメインストリートは渋滞に近い状態で、カーラジオは沖縄に接近している台風のニュースを伝え、僕は大家さんの運転する車の助手席にすわり、ある女の子のことを考えていた。

大家さんというのは僕が仕事部屋を借りているビルの持主のことだ。ふたりで共通の知人を病院に見舞い、その帰り道、なじみの店で晩飯でも食おうという話になった。でも道が混んでいる。なかなか目的地までたどり着けない。小さな店なので、予約を入れておいたほうがいいかもしれない。

電話番号がわかる？　と車を走らせながら大家さんが訊ねたので、僕はポケットから携帯電話を取り出した。まず１０４の番号案内にかけて、それから店のほうに予約の電話を入れる。用件が片づいたのを見て、運転席の大家さんが呟いた。

「携帯電話って便利だよね、いまさらだけど。いちど持つともう手放せないね」

「そうですね」

「ほんと便利だよ」

ちなみに大家さんは五十代の男である。僕は今年四十四になる。中年どうしがいまさらうなずき合うまでもなく、携帯電話は人々の支持を得て広く普及している。なかでも若い人々のあいだにはあまねく行き渡っている。

@

ある夜、小説書きの最中にタバコを切らして自動販売機まで買いに出ると、耳元と

いってもいいほどすぐ近くで、

「今日泊めてくれる？」

と若い女の声がする。

「これからそっちに行ってもいい？」

驚いて振り返ると、隣の自動販売機で女の子が携帯電話にむかって喋りながら缶入

りのジュースを買っている。缶ジュースは二つ、自分の分と電話の相手の分だ。電話

の相手は男だろう。たぶんまだ少年と呼ばれる年齢の、と彼女の声の調子から想像を

つける。

また別の夜、小説書きの最中に腹をすかしてコンビニに買物に出ると、佐世保駅の

地下道への入口に若い女がひとり立っている。彼女は携帯電話を耳にあてて階段の中ほどに立ち、声もなく泣いている。

電話の相手は男、たぶんまだ少年と呼ばれる年齢の、と通りすがりに様子をうかがって想像をつける。携帯電話で話しながら歩いてきて、ちょうど地下道への階段に差しかかったところで、少年が女の子を泣かせるような話を始めたのだろう。彼女はそれ以上先へは降りてゆけない。階段を降り切って地下道に入れば携帯電話の電波が届かなくなるからだ。彼女は階段の途中にたたずみ、少年の言葉に傷つき泣き続けるしかない。

別に、そんな光景を目にしたからというのではなくて、毎年夏になれば、とくに夏の終わりに台風のニュースが伝わる時期になれば必ずよみがえる記憶がある。僕自身がまだ少年と呼ばれる年齢だった遠い時代の記憶。

@

その年、夏の終わりに台風が北海道を直撃した。僕は実家のある佐世保から札幌の大学まで戻る旅の途中だった。まる一日青森駅で足止めをくらい、台風の去ったあと、やっと運航が再開された青函連絡船はひどく混み合っていた。真夜中、鮨詰めの客室を逃れて僕は風に吹かれに甲板に出た。そこで同じ年頃の女の子と出会った。

少年の僕とその女の子は、青函連絡船の甲板でふたりきりで長い時間語り合った。出会って一時間もすれば心を通わせ友人になれる。中年の僕には到底できない芸当が少年の僕にはできた。どんな話をしたのか詳細はもう思い出せるわけもないけれど、夜が白むまで一緒にいても話題のつきることはなかった。なごり惜しさ、という記憶の甘い芯のようなものはいまも嚙みしめることができる。明け方に、僕たちは手を振ってそれぞれの客室に別れた。そして連絡船が函館に着いたときの混雑の中ではぐれた。いまだにはぐれたままだ。

当時もし携帯電話がいまのように普及していれば、と思わないでもない。そうであれば僕たちは、どんな混雑の中でも簡単にお互いを見つけ出せただろう。そしてふたりは本物の友人になれたかもしれない。あるいはもっと別の関係にまで発展し、たとえば少年の僕は深夜に女の子が買ってきた缶ジュースを飲んだかもしれない。街を歩いている女の子を傷つけ泣かせてしまう言葉を吐いていたかもしれない。そして中年の僕はもっと別の形で、彼女との別のいくつもの夜の記憶をたどっていたかもしれない。

でも携帯電話などなかったせいでいま、僕はこうして名前も、顔すらも忘れてしまった女の子との一晩の出会いを思い出している。二十五年間ずっとそうしてきたように、今後も、夏の終わりに台風のニュースを聞くたびに僕は同じ記憶をよみがえらせることになる。

夏の夕暮れどき、渋滞した佐世保のメインストリートで大家さんの運転する車の助手席にすわり、僕はそんなことを考えていた。

（『西日本新聞』八月二十七日）

長く不利な戦い

昨年出版された『Y』というタイトルの小説の映画化の話があって、いまその脚本に監督とふたりで取り組んでいる。取り組んでいる、と言えば腰を据えてじっくりと書いている感じが伝わるかもしれないけれど、そうじゃなくて、はっきり言って悪戦苦闘している。

悪戦苦闘の原因は自分でわかっている。

脚本を書き上げるまでを一つの戦いにたとえるとして、明らかに長く不利な戦いを、戦い抜いた末にこの手で勝ち取るものが何かあるのか？という決して考えてはならない疑問が頭の隅に頑として居座っているからである。

たとえば、苦労して脚本が仕上がったとしても、映画の撮影が始まるという百パーセントの保証はない。撮影が始まったとしてもそれが無事に終了する保証もない。撮影が終了しても映画の配給元が決まり劇場にかかる保証もない。ひょっとして、この戦いを戦い抜いたところで何一つ得るものはないかもしれない。そんなことばかり考えてしまうからぜんぜん士気があがらない。

「ねえ、監督」と僕がぼやく。「この仕事は、僕たちのようなすれた中年ではなく、もっと若くて、やる気に満ちた人間に任せるべきではないだろうか？」

「そんなこと言ったって」と監督が答える。「若くてやる気に満ちた人間が、こんな仕事を引き受けるわけないじゃないですか、お金にもならないのに」

言われてみれば確かにその通りだ。その通りだけれども……でも、と僕はひとりの候補者の顔を思い浮かべる。およそ二十年ほど前の僕自身の顔を。のちにデビュー作となる長編小説を書き出した当時の僕なら、この仕事を――長く不利な戦いを一手に引き受けて戦い抜いて見せるかもしれない。

実際に、それは先の見えないひどく困難な戦いだったと思う。二十代半ばの僕は、一つの長編小説を完成させるために、二年間の歳月をかけて、万年筆で原稿用紙の升目を埋め続けた。しかも長編小説が完成したところで出版される保証などまったくなかった。僕以外の誰かに読んでもらうあてすらなかった。当時の僕には友人もガールフレンドもいなかった。あったのは若さと、理由もなく大いにあがる士気、言い換えればガッツだけだ。

その若さとガッツだけで約七百枚の小説を脱稿し、『すばる』の新人賞に応募した。

原稿を郵送したあと、僕は受賞を願って好きなタバコを断った。そこまでのガッツがあった。そんなまねができたのは後にも先にもそのときだけである。数カ月の禁煙で体重が五キロ増えたことをいまだに憶えている。

長編小説が受賞したからまあよかったわけで、もしそうでなかったらいったいどうなっていただろう？と心配するのは現在の、すっかりすれてしまった中年の僕である。若さとガッツのある人間は余計な心配などしない。自分の手で摑み取る未来を信じて、どんな戦いであろうと果敢に戦い続ける。

（『小説すばる』八月）

［映画評］

『きのうの夜は……』

恋人の声が聞きたくなって電話をかける。番号を押したあと普通ならコール音が鳴り始めるがそれが聞こえない。代わりに「もしもし？」といきなり相手の声が伝わってくる。

これは現実に即して言えば、向こうからも、ちょうどこちらに電話をかけようと、受話器を取り上げた瞬間にラインがつながったわけである。でも当人たちにとっては、そのことが(別々の場所で、同じ瞬間に、お互いがお互いのことを考えていたという事実が)ちょっとした奇跡のように思われる。

そういった幸福な電話のつながり方は現実に起こり得るわけだし、実は『きのうの夜は……』の中にも描かれている。

むかしこの映画をある女性と一緒に見ていて、前半のそのシーンに差しかかったとき、彼女が僕を振り向いて微笑《ほほえ》んで見せた。「私たちと同じだね」という意味の微笑だったと思う。だから当然、僕も「同感」という意味をこめて微笑み返した、はずである。

でも、この映画は幸せな時期だけを扱っているわけではない。

いわば恋愛のフルコースを見せてくれる映画なので、要するに彼らの出会いと、幸せな時期と、大小様々なトラブルと、辛い別れと、後悔と、最後にやり直しまでが丹念に描かれている。登場人物は二十代の男女、舞台はシカゴだが、たぶん世界中のどんな年代の人が見ても(恋愛経験のある人なら)堪能できるだろう。僕も今回久々に見直してみたのだが、充分に堪能して、一々身につまされて最後に切なくなってしまった。

で、またむかしの話に戻るのだが、幸福な電話のシーンで微笑み合ったふたりはその後しばらくして別れた。映画と違ってやり直しもきかなかった。だから仮に、いまもう一度この映画をふたりで見たとして、彼女はおもに後半のシーンで集中して僕を振り返り、顔には苦笑いを浮かべるだろうと思う。

(『PHP』十二月)

二〇〇〇年

郵便箱の中身

深夜に仕事をしているわけでもないのに、札幌で過ごした大学時代からの夜更かしの習慣がしみついてしまっていて、特に冬場は目覚めるのが遅くなる。目覚めるのが遅い分、小説書きに取りかかる時刻も遅くなり、ワープロの画面を眺めるのも飽きたなと思う頃にはとっぷりと日が暮れている。夕食、入浴、読書、夜食、パソコンを立ちあげてEメールとホームページのチェック、と一通りやることをやってしまい、時計を見ると早くも日付は変っている。

明かりを消しベッドに横になって眠気が訪れるのを待つ。待ちながら、なにしろ寝つきが悪いたちなので断片的にあれこれ考えているうちに、ふと、今日いちにち部屋の外に一歩も出ていないことに気づく。そういえば、郵便箱の中も覗いていないんじゃないか?

むかしはこんなことはなかったな、と思う。原稿書きや読書に熱中して外出を忘れることはあっても、届いた郵便を確認しないで終わる一日などあり得なかった。二十代の頃、まだアマチュアとして小説を書いていた心細い時代には、友人たちから届く手紙を心待ちにして日に二度も三度も郵便箱の中を覗いてみたものだ。プロとして小説を書くようになってからも、読者から届く手紙は何よりの楽しみだったし、当時はまだ原稿依頼を書面で送ってくれる編集者も珍しくない時代だった。

ところがいつのまにか友人たちからの手紙も、読者からの感想も、編集者からの書面での原稿依頼もすっかり途絶えてしまった。関係が途絶えてしまったわけではなく、それらは形を変えて、いまは大抵EメールまたはFAXで送られてくる。だから実際のところ、郵便箱の中を気にかけなくても、人並みにパソコンやFAX機を持っていれば事は足りる。

おそらく今日もたいした郵便は届いていないだろう、とベッドの中で寝返りを打ちながら思う。いまさら外へ出て箱の中を確かめるまでもない。

そう思うけれど、ひょっとして、という仄《ほの》かな期待がないわけでもない。今日にかぎって誰かからの手紙が届いているかもしれない。大切な、懐かしい人からの手紙が郵便箱の中で僕を待ちわびているかもしれない。で、夜中の三時とか四時にベッドを抜け出して、セーターを着込み、部屋を出て冷え切ったビルの廊下を歩き、エレベーターで一階まで降りる。そしてステンレスの郵便箱の扉を期待をこめて開けてみる。

中に入っているのは、英会話スクールの広告のチラシと、水道料金の督促状が一枚ずつ。

だからつい、こう断言したくなる。郵便箱の中を覗く楽しみは、確実に、年々薄れてゆくのだと。楽しみが薄れてゆくにつれて、人は郵便箱の中を覗くこと自体を忘れがちになるのだと。もう誰も手紙なんか書かないし待ってもいないのだ。以上、証明終わり。

さて。

そんなふうにクールに割り切ったあとで、ここからは但し書きである。何事にも、しかしながら、の但し書きは付く。

しかしながら、郵便箱を覗く楽しみは、例外的に年に二日ほどわれわれに残されている。年賀状が配達される元旦と一月三日がその例外である。日ごろEメールで用をたしている友人・知人・編集者も年賀状だけは几帳面に葉書で送ってくれる。理由は判らないけれど、いまだに新年の挨拶に関してはインターネットではなく郵便で配達される数のほうが圧倒的に多い。

たとえば、大学時代の旧友からの年賀状は毎年、元旦ではなく遅れて三日に届く。測ったように三日に届く。おかげで僕は毎年その日の午後に、「正月も三日になりてあの人の年に一度の葉書来にけり」(石川啄木)とうろ憶えの短歌をつぶやくのが恒例になっている。その旧友はパソコンの扱いに詳しくて佐藤正午のホームページの面倒を見てくれているほどの男なので、明治時代に詠まれた短歌の内容通りに届く年賀状がひとしお味わい深く感じられるわけである。

いったいなぜ、彼ほどインターネットに親しんでいる人間が(とっくのむかしに僕に手紙を書くことをやめてしまっている人間が)年賀状だけはいまだに郵便で送ってくるのか、それと、いったいいつどんなふうに投函すればその年賀状が毎年必ず三日に僕のもとに届くのか、一度本人に聞いてみたい気がする。

が、彼はいまも札幌にいて焼き鳥屋を営み、僕は遠く離れた佐世保で小説を書いている。直接会う機会はないし、わざわざ電話をかけて聞くほどのことでもないので、まあ当分はこの調子でつきあいが続くだろう。ほかの友人・知人と同様に、普段は要件のみのEメールをクールにやりとりし、年に一度だけ、新年の挨拶が郵便で届くつきあいが。

だからきっと来年も、つまり時代が二十一世紀に突入しても、郵便箱を覗く楽しみは例外的に年に二日だけ残されることになる。そして当分のあいだ、一月三日に古い短歌をつぶやく僕の習慣も続いてゆくはずである。

(『東京新聞』一月二十一日)

（エッセイ集『象を洗う』の「あとがき」より抜粋）

ひとつだけ、ぜひ僕から断り書きをしておかなければならないのは、Ⅳの象を洗うに収められた「郵便箱の中身」という作品についてである。

この中に石川啄木の短歌として、正月も三日になりてあの人の年に一度の葉書来にけり、という一首を引用している。この引用は誤りだ。

正月の四日になりて
あの人の
年に一度の葉書も来にけり

僕が引用すべき、正しい、石川啄木の短歌はこれである。

言い訳はしない。読みごたえのある言い訳を考えて、ここで堂々と書いてみせるのが作家の本分という気もしないではないがやめておく。どう繕ってもミスはミスだ。いくら本文中に、うろ憶えの短歌として紹介しているからといって、こんなミスは許されるものではない。告白すると、うろ憶え、と僕が書いたのは謙遜のつもりだった。

僕は正確に石川啄木の短歌を記憶していると自信を持って引用したのだ。むしろうろ憶えであれば、人は引用する前に確認する。油断だった。十八年作家として文章を書いてきて初めての油断から犯したミスである。その記念に、と言えば反省の色が見えなさそうに聞こえるので、今後の戒めのために、坂本君(当時の担当者——佐藤註)を説得してあえて発表当時のまま収録してもらうことにした。

二〇〇一年

憧れのトランシーバー

結婚式の披露宴と何かの会議が重なって、しかも雨まで降っていたので、ホテルの駐車場はかなり混雑している模様だった。

僕は一階のラウンジにいて、窓越しに外の様子を眺めていた。駐車場の手前で数珠つなぎになった車を、雨合羽を着たベルボーイが誘導にあたっている。防水用のビニールを被せた黒い無線機を片手に握っていて、ときおり誰かと、たぶん駐車場の奥にいる同僚と連絡を取り合っているようだ。

「正午さん?」と、そのとき向かいの席から声が聞こえた。

目をあげると、ラウンジで待ち合わせの約束をしていた編集者がやっと現れたのだった。

「どうかしましたか? 何か、外に珍しいものでも見えますか?」

「いや、別に」

「いや別にって、いま私は佐藤さん、佐藤さん、佐藤さんて三回も呼んだんですよ。

三回呼ぶまで気づいて貰えなかったんですよ」

「ごめん、ちょっと考えごとをしてた」

「仕事のことですか」

うん、と答えて、それからわれわれはその仕事の話に移ったのだが、実を言うと、そのときまで僕の頭を占めていたのは昭和三十年代なかばから後半にかけての記憶だった。

それはたとえば巨人・大鵬・卵焼きという名文句が生まれた時代である。当時の子供たちが好むものの代表として、ONのいる巨人、横綱の大鵬、そして卵焼きの三つがあげられたわけだ。でも当時の子供たちのひとりだった僕が、いまその時代の記憶の中から大切なものを一つあげるとしたらトランシーバーになる。

近距離通話用の携帯無線送受信機、と辞典には説明されているトランシーバーが当時、全国的に子供たちの人気を博していたのか、それとも僕が住んでいた地域内でのささやかな流行だったのかはわからない。思い出せるのは、周りにそれを持って遊んでいる子が何人かいたこと、でも僕は親に頼んでも買って貰えなかったこと、結局、僕にとってトランシーバーは、手の届かない憧れの対象のまま、その時代に生き続けている、ということである。

何年か前に僕は携帯電話を買った。それがもしかしたら、トランシーバーの代用になったのかもしれない。携帯電話を手にしたとき、胸の奥が疼くような子供っぽい喜びを感じたのは、あれはむかしの憧れに(代用品ではあるけれど)年をへて図らずも手が届いたという感動のせいだったのかもしれない。編集者に声をかけられるまで、窓の外を眺めながら、僕がぼんやり考えていたのはそういうことだった。

(『小説すばる』一月)

金魚の運

ある晩、友人と居酒屋で待ち合わせた。

約束の時刻に五分ほど遅れてやって来た友人は、片手に小さな透明のビニール袋をぶらさげていた。ビニール袋には七分目くらいに水が溜めてあり、その中に桜色の金魚が一匹だけ入っていた。

それは、どこから持って来たんだ？　と僕は訊ねた。

活け作りにしましょうか？　と板前さんが真顔で冗談を言った。

「ゲームセンターで取ってきたんだよ」

と友人が答えた。

詳しい話を聞いてみると、次のような経緯だった。

実は、彼は待ち合わせの時刻よりも早めに店の前に着いた。が、まだ三十分も余裕があるので、そのまま店には入らず引き返し、近所を散歩して時間をつぶすことにした。そしてその散歩の途中でゲームセンターを見つけたのだった。

気まぐれに中に入ってみると、金魚すくいのゲーム機が彼の目を引いた。それはいわゆるUFOキャッチャーの金魚すくい版だった。景品のぬいぐるみが山積みになっている代わりに、水をはった水槽の中を金魚が群れをなして泳いでいる。レバーを操作してUFOでぬいぐるみを捕獲する代わりに、同じくレバーを操作して金魚すくい用の小さなザルのようなもので金魚をすくい上げる。うまくすくい上げた金魚は隣の取り出し用の水槽に移す。ゲーム機に備え付けてあるビニール袋に、取り出し用の水槽からヒシャクで水を汲み、金魚を入れて持ち帰れるようになっている。

その金魚すくいゲームを彼は試しにやってみた。主に時間つぶしのためと、あと、後学のためにという意味合いもあったと思う。もともと彼は不器用なほうで、UFOキャッチャーでぬいぐるみを取れたことなど一回もない。そんな自分が、生きた金魚をすくい取れるなんて、はなから考えてはいなかった。彼は百円玉を何枚か使ってそのゲームを三回やった。三回目に、レバーをほとんど投げやりに操作していると、桜色の金魚が一匹、取り出し用の狭い水槽の中にぽとりと落ちた。

彼は呆然としながらも、その金魚を透明な袋に入れてゲームセンターをあとにした。腕時計を見ると待ち合わせの時刻が迫っている。こんなものを持って居酒屋に行くのもどうかなと思ったけれど、捨てるわけにもゆかないし、ほかに名案も浮かばない。

どうしようもないので、笑われるのを覚悟で、金魚の入った袋をぶらさげたまま僕の前に現われたのだった。

で、ここから先は、UFOキャッチャーで一度もぬいぐるみを取ったことのない男が、金魚をすくい上げることに成功した、つまりその晩の彼は運が良かったのだ、という話ではない。むしろ彼にすくい上げられたほうの、強運な金魚の話になる。

でもその前に、僕は日常的に、ちょっとした幸運や、不運をかなり気にするたちの人間である。たとえば、フライドチキンの6ピースパックを買ってきて箱を開けると好物のドラムスティックが三本も入っている。それが僕にとってのちょっとした幸運になる。たとえばフライドチキンを食べたくて買いに行くと店が改装中で閉まっている。それが不運である。どちらも人生の一大事ではない。一大事ではないけれど、それを自分の運だと思いたがる傾向がある。そういう傾向の人間の経験から言わせてもらうと、ちょっとした幸運や不運をしめす出来事はたいてい連鎖的に、つながって起こるものだ。

立て続けに幸運に見舞われるのは別に問題ではない。問題なのは不運の連鎖のほうである。

フライドチキンを食べたいのに店が改装中で、仕方がないので代わりに入ったハンバーガー屋では店員が注文をまちがえる。まちがいに目をつむってテイクアウトにして帰る途中に雨に降られ、ずぶ濡れになって帰宅すると、電話が鳴り、それが切るに切りにくい内容の話で、やっと長電話が終わったときには食欲も失せ、風邪の心配をしなければならない、というふうに、それはつながって起こる。

では、そういった不運のつながりを断ち切るにはどうすればいいのか。よく、前夜の試合で成績の悪かったプロ野球選手が、翌日は球場までの道順を変えてみるという話を聞くけれど、その気持はよく判る。僕も同じようなことをやる。とにかく何でもいいから、普段の決まり事とは違ったやり方をしてみる。毎朝飲むコーヒーのカップを変えてみる。昨日まで着ていたセーターを洗濯に出し、別のを取り出して着る。あとは、フライドチキンの6ピースパックに好物のドラムスティックが三本入っているといったちょっとした幸運を待つ。その場合、ポイントは自分がその出来事を幸運と思い込めるかどうかにかかっている。世間の物差しで測れば大したことのない出来事でも、自分で幸運だと思い込めればそれでいい。そこから運が変わる。なぜなら、不運と同じように幸運も連鎖的に起こりがちなのは、経験上、明らかだからである。

さて。

ここからまた、さきほどの金魚の話に戻る。その金魚は、友人にすくい上げられたとき、ちょっとばてていた。桜色のウロコも剝がれ落ちている部分が何か所かあった。UFOキャッチャーのぬいぐるみとは違い、当然ながら、生きた金魚はゲーム機の水槽の中でじっと捕獲されるのを待っているわけではない。捕まらないようにと必死で逃げまわるうちには、多少ばてもするだろうし、ウロコも剝がれるだろう。

おそらくこの金魚の命は長くないな、というのが僕の第一印象だった。仮に、不器用な友人にすくい上げられなかったとしても、ゲーム機の水槽の中でのんびり長生きできたはずもない。それが金魚の運命なのだ。

でも友人はその金魚をすくい上げて、自分のものにしてしまった。自分のものになった金魚が、ただ弱って死んでゆくのを見守るのも気分が悪い。でも自分では何もできない。困っているところへ、居酒屋のアルバイトの女の子が現われて、こう言った。

私の実家ではむかしから金魚を飼っている。きちんとした水槽もあるし、いまさら一匹増えても何てことないと思う。よかったら、その金魚を引き取ってもらうように、実家の親に頼んでみましょうか？

こうして金魚の運命は一変した。

その晩から一か月が経ち、それが現在の話なのだが、友人のもとへ居酒屋のアルバイトの女の子からメールの報告が届いたそうだ。

「あのときの金魚は、いまも実家で元気です。むかしからいる大きな金魚にまじってスイスイ泳いでます。ウロコも少し治ったみたいです」

なかなか強い運を持った金魚である。

僕が日ごろ気にしているちょっとした幸運や不運の話ではなくて、一生をまるごと左右するような運というものが仮に、人間にもあるとすれば、それはこの金魚を生かすために働いた(たぶん金魚自身の想像を越えたところで働いた)、幾つかの偶然の力のようなものではないかと思う。

(『PHPスペシャル』二月)

[映画評]

『見知らぬ乗客』

映画館に行ってもビデオを借りてきてもそうなのだが、頭に何本か予告編が付いていて、書店に並んだ本の帯と同じで興味をそそるようにうまく作られているので、見終わった本編よりもよほどそっちのほうが面白そうだ、という感想を持つことがある。で、しばらくして今度はその興味をそそられた映画を見る。するとまた頭に予告編が付いていて、そっちのほうが面白そうだな、と思う。

そんなことの繰り返しで、新作あさりに飽きたときには、自分が生まれるまえに撮られた古い時代の映画を見る。たとえば、ヒッチコックの『見知らぬ乗客』のビデオを借りてきて見る。予告編は付いていない。いきなり本編が始まり、タイトル通り、見知らぬ乗客どうしが列車の中で出会う。

その出会い方について、思わず誰かに語りたくなる。ヒッチコックの映画だから、いまさら僕がでしゃばらなくても世界中で語りつくされているに違いないのだが、それでもなおかつ、冒頭のふたりの男の出会い方、それぞれにタクシーで駅に乗りつけ、ポーターに荷物を運ばせながらホームを歩いて列車に乗りこんだあと、黒い革靴とコンビの革靴が触れ合って顔を見合わせるまでのショットについて、ひとこと誰かに喋ってみたくなる。

駅のそばの公衆電話で恋人と話している主人公が、つい気持がたかぶって、どうしても離婚に応じてくれない妻を「絞め殺してやりたい」と口走る。ちょうどそのとき列車がそばを通り、轟音のせいで声が聞き取りにくくなる。そのため主人公は大声にならざるを得ない。大声で物騒な台詞を口にしてしまう。これがのちに、主人公が恋人から妻殺しの疑惑を持たれる原因になる、といった心憎い伏線の張り方についても、やはり知り合いの映画好きの誰かに語ってみたくなる。

テニスコートで主人公がふと視線を投げた先に、満員の観客席が見える。試合を観戦している人々の顔は、ボールの行方を追って右へ左へとリズミカルに動いている。だがよく見ると、その中に一つだけ、じっと動かない顔がある。その男は満員の観客席からまっすぐに主人公を見つめている、といったサスペンスにあふれた場面については、もう誰かに語るのはもったいない気がして、これは次の、自分が書く小説の中にいただいてしまおうか、とまで考えてしまう。

もちろん古い映画には古い映画なりの不満な点もある。名作にも小さな傷はある。

この映画の売りになっているはずの、交換殺人というテーマについて、原作のパトリシア・ハイスミスの小説と比べて、もう少しどうにかならなかったのか？　とも思う。でもそういう点も含めて、『見知らぬ乗客』を見終わったあとは誰かと話してみたくなる。なにしろヒッチコックの映画だから、これまで世界中のいたるところで誰かと誰かが話し合ったに違いないのだが、それでもあえて、僕も誰かと同じことをしてみたくなる。

（『ダ・ヴィンチ』二月）

子供の名前

母方の大叔父で「しょうざぼい」さんとみんなから呼ばれる人がいた。

僕の母も父もそう呼んだ。

母方の祖母も、自分の弟にあたるその人のことを「しょうざぼい」さんと呼んでいたように思う。こんど「しょうざぼい」さんがうちに遊びに来るとか、ほら「しょうざぼい」さんにちゃんと挨拶しなさいとか、そんな感じだった。

僕は子供心に、ちょっとした謎を嗅ぎつけていたかもしれない。「しょうざぼい」という呼び名は、自分の知っている普通の日本語とは異質だ、というようなことを感じ取っていたかもしれない。でもその正体を突き止めようとはしなかった。たとえば「しょうざぼい」を漢字ではどう書くのか？　などとはまったく考えもしなかった。異質な日本語であろうと何であろうと、みんながそう呼ぶのだからそれをまるごと憶えるしかない。中学、高校と進み、大学に入る頃にはすでに、僕にとってそのめったに会わない大叔父は「しょうざぼい」さんとして定着していた。外に向けては説明がつかなくても、身内で密かに流通しているものの一つとして、「しょうざぼい」という得体の知れない響きの言葉は、僕の記憶の引き出しに収まっていた。
それが、いつだったか(小説を書き出してずいぶん経ってからだと思う)テレビで選挙速報を見ていて、漢数字の「三」で終わる名前の当選者をアナウンサーが読みあげるときに、その漢数字の部分を「ぞう」ではなく「ざぶ」と発音するのを聞いて、突然、記憶の引き出しがガタガタと音をたてて開いた。
僕は少なからず興奮をおぼえ、手近な紙にボールペンで大きく、
正三
と書いてみた。
これで「しょうざぶ」と読むのではないか？　ひょっとしてこれがあの大叔父の本当の名前なのではないか？　そのあと僕はすぐに実家に確認の電話をかけた。電話には母が出て、あっさりと事実を認めた。大叔父の名前は正三と書いて「しょうざぶ」と読む。あんた、そんなことも知らなかったの？
知らなかった。僕の母も父も祖母も、僕にとっての大叔父のことをむかしから正三叔父さんという意味で呼んでいたのだ。つまり、
しょうざぶおじさん

が発音しやすいように転訛して、いつのまにか身内では、

しょうざぼいさん

の呼び名で通っていたわけなのだ。

……という話を、僕は東京から原稿を取りに来てくれた編集者にした。どんな経緯で大叔父の名前の話になったのかはよく憶えていない。仕事の打ち合わせが片付いたあとの、酒の席だった。あるいはカウンターをはさんで相手をしていた女性が、最初に、実はゆうべ客から貰った名刺の名前をどう読んでいいのか判らなくて困った、というような話で水を向けてくれたのかもしれない。

僕の話が終わると、今度は編集者の番になった。彼はふたりいる子供の名前を披露した。

娘の名前はハルホという。ハルホのホは稲穂の穂である。それは見当がつく。でもハルホのハルのほうには、ちょっと普通では思いつかない漢字をあててあるそうだ。その漢字自体は難しくない。色をあらわす一文字の漢字である。多少酔いのまわった頭で、いくつか色をあらわす漢字をハルという音にあてはめてみたが、僕には判らなかった。しばらくして、編集者が正解を教えてくれた。

青穂、と書いて、ハルホと読む。

いい名前ですね、と指先でカウンターの上にその二文字を書きながら店の女性がほめた。僕は一応同意の意味でうなずいて、読める人は少ないだろうけどね、と付け加えた。ありがとうございます、と編集者が答えて、ちょっと遠い目つきをした。娘が生まれたときのことでも思い出していたのかもしれない。それで、もうひとりの名前は？　と僕がうながした。

長男の名前はエイキという。これも漢字二文字である。ただし、エイキのエイにも、キにも、人の名前としてごく一般的とは言えない漢字があててある。だったら母方の伯父に、英喜だったか栄喜だったか、とにかくそう書いてエイキと読む名前の人がいるのだが、それと同じではないだろうな、と僕はまず思った。次に、エイという音の漢字をほかに、鋭、映、永、営、衛、詠、泳、影、洩とあげてみたが、どれも違うという。しばらくして、叡智の叡ですよ、と編集者がまた(まったく張り合いがないな、と言いたげな顔つきで)正解を教えてくれた。エイキのエイは叡。ではキのほうはどう書くのか？

それはあとで漢和辞典をひいて考えてみてください、と編集者がかわした。それからその場は、めったにそこらへんにはない名前を子供につけた以上、名前負けしないように厳しい躾をしている、特に人としての礼儀はわきまえるようにきちんと教えている、といった家庭内の教育の話に移った。エイキのキについての話はほったらかしである。仕方がない。編集者に言われたとおり、自分で調べて見当をつけるしかないだろう。

翌日、漢和辞典の音訓索引でキの項を調べてみると、そこにはおよそ三百の漢字が並んでいた。並んでいるのを見ただけでため息が出た。この中からいったいどうやって子供の名前の見当をつければいいのだ？

僕はほんの数秒で諦めた。諦めて、漢和辞典の巻末にある音訓索引をぺらぺらめくっていると、おしまいの頁の余白に、懐かしい人の名前が墨で書き記してあるのが目にとまった。

それは大学時代の同級生で、漢和辞典のもともとの持ち主の名前である。ここであえて紹介するほど凝った漢字は使われていない。そこらへんにある漢字二文字の名字に、誰が読んでもこう読む以外にないとひと目で判る漢字一文字の名前。

いまからほぼ四半世紀前に、そのシンプルな名前の友人から署名入りの漢和辞典を譲り受けたのだ。僕はしばしば感慨にふけった。

「きみは将来、小説を書くつもりでいるのだろう。いつの日か小説家になろうという志を抱いているのだろう。だったら漢和辞典はぜひ必要じゃないか、これを持っていけ」

と言って、僕が大学を途中でやめて佐世保へ帰るときに彼が手渡してくれた、というような劇的な記憶がないか探ってみたのだが、残念ながらそんな記憶はなかった。なぜ彼の漢和辞典が僕の手元にあるのか、いまとなってはもう思い出せない。ひょっとしたら借りっぱなしのまま返すのを忘れてしまったのかもしれない。

だから僕がしばし感慨にふけったのは、大むかしの若い友情についてではない。当時の親はわが子に、初対面の人にも読みやすい漢字の名前をつけたものだ、というようなことでもない。ただ単に、ああ、自分はもう二十五年も一冊の漢和辞典を使い続けているのだな、という事実についてである。使い続けていると言えば少しは聞こえがいいが、要するに古いのでずっと間に合わせているわけだ。小説家として無精すぎはしないか？

そう思って、机の上にいつも置いている岩波国語辞典を見てみると、これが一九八六年に出た第四版である。岩波国語辞典は確かつい最近、第六版が出たはずだから、要するに、僕が使っているのは二世代前のものということになる。

パソコンや携帯電話で二世代前といえば、これは相当に古い。パソコンや携帯電話でいわなくても、十四年前に出た辞典だから十分に古い。買い替えの時期をとっくに過ぎている。漢和辞典と国語辞典をふたつ並べて反省しているところへ、例の編集者から電話がかかり、校正刷りの細かいやりとりをすることになった。

ある単語の意味の確認のために、そばに広辞苑があったら開いてみてください、と編集者が言うので、頁を繰って問題の単語の見出しを指でたどり、そこに記述されている通りに読みあげると、変だな、こっちの広辞苑の記述とは違いますねと相手は呟き、しばらく黙り込んだあとで、佐藤さん、その広辞苑は第何版ですか？と訊ねた。僕は奥付を見て答えた。一九七九年に出た第二版補訂版第四刷である。

「古すぎますよっ」と編集者が叫んだ。「広辞苑はもう第五版が出てるんですよ。許されませんよ、小説家がそんな古いものを使ってるなんて。時代は二十一世紀なんですよ」

そういうわけで、僕は小説家として深く反省し、この新しい時代の一年目を、まず漢和辞典と国語辞典と広辞苑を買い替えるところから始めることになる。そのきっかけを作ってくれた編集者の子供に、というか凝った漢字の子供の名前に感謝したいと思う。

ちなみに、あとで編集者に聞いたところによると、長男の名前は、叡奎、と書いて、エイキと読むらしい。

奎という文字は、ケイの読みで広辞苑を引けば項目が立ててある。ここで僕がその漢字の意味を説明してもよいのだが、なにしろいま手元にあるのは古いので、第五版の記述とはまた少し違っているかもしれない。ここは無駄を避けるためにも、興味のある方にはご自分で、一番新しい広辞苑にあたって頂きたい。

（『図書』三月）

わが師の恩――マスダ先生

一九八四年に最初の本が出版されてから、ほぼ十年間は万年筆で原稿用紙に小説を書いていた。十一年目以降はワープロで書いている。で、これはその中継点、つまりペンからキーボードへ乗り換えた時代の話になる。

初めてワープロを買ったのは一九九〇年頃だったと思う。ちょうど次の長編小説を書き始めようとしていた時期だったので、慣らし運転をかねて第一章までをそれで書いた。いわゆるカナ入力で、キーボードに目をこらして一文字一文字拾いながら書いてみた。手書きの何倍もの時間とエネルギーを消費したように記憶している。それで諦めて、もういちど第一章から万年筆で書き直した。

その長編を書き上げるまでワープロは眠らせていた。書き上げたあとも、部屋の隅にほったらかしで電源も入れたことがなかった。こんなもの使えないな、というのが当時の僕の感想だった。この買物は失敗だったな。

そこへマスダ先生が登場した。

マスダは漢字で書けば増田なのか、それとも益田なのか升田なのか、実はよく知らない。ただ、紹介してくれた知人がこう言ったことだけは憶えている。

「これはマスダ式と呼ばれてるものなんだ。マスダ式英文タイプの独修法。いいから騙されたと思って一週間だけ試してみろよ」

貸してもらったカセットテープを、根が素直なので一週間だけと思って試しに聴いてみたところ、効果はてきめんだった。もともと僕は手先が器用なほうではない。でも一週間が過ぎる頃には、ローマ字入力のタッチタイピングをほぼマスターできていた。

もちろんそのあいだには、カセットテープの指示に従って何度も何度も指の使い方を練習した。食卓の上でも、気がつくと両手の指が動いていたし、湯船につかっていても、酒場のカウンターでも自然とそうなった。普段は意識して使っていない左手の小指とか薬指とかが、次第に思い通りに動くようになってゆく。それが何だか新しい楽器を弾き始めた子供のような気分で嬉しかった。

当時、三十代後半の小説家をそういった気分にさせてくれたのが、漢字ではどう書くかわからないマスダ先生考案の英文タイプ独修法である。いまではもうキーボードがないと小説が書けない、といったタイプの小説家になってしまっているので、感謝しないわけにいかない。ペンからキーボードへ乗り換えるための、中継駅で進むべき方向を指し示してくれた人、として僕はマスダ先生に恩を感じている。

（『小説新潮』三月）

草枕椀

男のひとり暮らしで料理などめったにしないし、一年じゅう外食やインスタント食品でまにあわせている。などと言えば、もちろん世の中には料理が得意、もしくは料理が趣味といったひとり暮らしの男だって大勢いるわけで、そういう人たちからは白い目で見られるかもしれないけれど、まあ僕の場合は、それが長年身についた気ままな、というかずぼらな食生活だからいまさら変えようもないと、正直に語るしかない。

普段は冷蔵庫を開けても、缶ビールとオレンジジュースと、あとはチーズと卵くらいしか入っていない。野菜室には野菜と呼べるものは何もない。気まぐれにスパゲティを茹でることがあるので、そのとき余ったニンニクが古くなって転がっているくらいである。一方、冷凍室には、電子レンジで温めて食べられるインスタント食品が何種類か常備してある。

そんな具合なので、たまに、まともな家庭料理に接する機会があると、食卓についただけで、かなり贅沢な気分になる。もっと言えば晴れがましい気分にさえなる。去年の春、友人夫婦の家に招かれて、雛人形の飾られた部屋で、菜の花の芥子《からし》和え、筍の白味噌和え、ハマグリの吸いもの、錦糸玉子の上に木の芽を添えた散らし寿司といった料理でもてなされたときには、僕は正座したまま感動して、しばらく箸もつけられなかったほどである。

食えよ、と夫のほうが、当然ながらこんなもの別段珍しくもないという口調で勧めるので、いやもうちょっと目で楽しんでからと答えると、そばにいた奥さんが笑って、彼女は小説をよく読んでいる三十代後半の女性なのだが、その言い方はなんだか、あの草枕の画家みたいね、と言った。

夏目漱石の『草枕』に、主人公の画家が、温泉宿の夕食に出された椀物のふたを取って、鮮やかな緑の早蕨《さわらび》と、紅白の海老が中に沈んでいるのを見て、「ああいい色だと思って、椀の中を眺めていた」という場面がある。そのことを思い出して奥さんは笑ったのだった。あとで僕自身『草枕』のその辺の頁を読んでみると、嫌いなのか？と旅館の女に聞かれて、主人公は、いや食べると答えたけれど「実際食うのは惜しい気がした」と述べている。そのあとに英国の画家ターナーについてのエピソードが紹介され、そして「この海老と蕨の色をちょっとターナーに見せてやりたい」という夏目漱石ファンのあいだでは有名な一行が続くことになる。

で、『草枕』の主人公の画家が、食うのは惜しい気がしたと評した吸いものを、奥さんはそのとき「草枕椀」と呼んで、今度僕のために作ってくれると約束した。それから一年が経とうとしているがまだ約束は果たされていない。

一年のあいだには、ときどき、まだ見ぬ「草枕椀」のことを思うことがあった。たとえば、電子レンジで冷凍食品が温まるのを待っているときなどに、ふと、椀のふたを取って、彩りのあざやかな早蕨と海老が中に沈んでいるのを見たときの感動を、想像してみることがあった。たぶん僕も小説の主人公と同じように、ああいい色だと思ってしばらく箸をつけずに眺めてしまうだろう。

そんな想像をいまもしながら、今年もまた同じ季節に、友人夫婦からの招待状が届くのを待ちかねている。

（『マミークラン』三月）

大学時代

一九七四年から七九年にかけて約五年半、僕は札幌で大学生活を送った。そのことを知っている人から、たまに、当時の札幌を舞台に大学生を主人公にした小説を書くつもりはないのか？と訊かれることがある。高校時代のことは『童貞物語』という小説に書いているのに、なぜ、大学時代には手をつけずにほったらかしにしているのか？　僕はたいていこう答える。

大学のときには別に、小説に書くような出来事は起こらなかったから。

すると質問した人は、ふーん、とか、そうなんだ、とか疑わしい目つきで相槌を打って、それ以上つっこんだ質問を遠慮してくれる。たぶん僕の答え方に愛想がないせいだと思う。で、その場はあたりさわりのない次の話題に移る。あたりさわりのない話題に移りながらも、僕は反省する。

もっと愛想良くしないと、ますます偏屈な中年だと評判が立って人づきあいがうまくいかなくなるぞ、という反省が一つ。それともう一つ、僕はこう思う。やっぱり、どう考えてもいまのは子供騙しの答え方だな。はっきり言って、嘘だな。

自分が経験した出来事を、そっくりそのまま小説に仕立てる、という書き方がひょっとしたらあるのかもしれない。でもそれはこれまでの僕の小説の書き方とは違う。僕はまだ一度もそういう方法を取ったことはない。僕が普段書いているのは、平たく言えば次のような成り立ちの小説である。

たとえば、こういうことをしたり喋ったりする男や女がいればいいな(現実にはまずいないだろうけど)という人物を登場させ、こういう出来事が起こって人々がこういう反応をすれば面白いな(現実にはまずあり得ないだろうけど)というストーリーでつなぐ。書き上がった小説に登場する男女は、僕がいままで知り合った人々から借りた面影くらいはとどめているかもしれない。でも現実の本人たちとはほど遠い。当然、小説の中で発生する事件は、僕自身の体験とはほど遠い。

だから話はむしろ逆になる。札幌での大学時代に、たいした出来事が起こらなかったからその時代を小説に書かないというのは嘘で、逆に、何も起こらなかったその時代こそ、小説を書くに最もふさわしい舞台だということになる。こういう友人やガールフレンドがいたら良かったな(現実にはいなかったけど)、こういう劇的な事件が起こったら面白かったな(現実には何も起きなかったけど)、といったいつもの、いわば現実に対する不満をもとにした発想で、かえって思う存分小説が書ける理屈になるからだ。

でもその理屈を僕は実践していない。大学時代を題材にした小説はいまだに書いていない。なぜか？

僕が札幌で過ごした五年半は、一言でまとめれば、本を読むための五年半だった。一九七四年三月、まだ雪の残る札幌に着いたその日から部屋にこもって本を読み始め、一九七九年九月に大学を中退して実家のある佐世保に戻るまで本を読み続けた。そう言い切ってまちがいではないくらいの五年半だった。いま思えば実に味気ない大学生活である。冒頭の質問に対して、思わず、小説に書くような出来事は何も起こらなかったから、と答えたくなるのも無理はないかと思う。

でも同時に、これもいまになって思うのだが、あの時代はもう取り戻せない。四十五歳の専業作家である僕には、五年半どころかたったの五日でさえ、まるごと読書に捧げるような芸当はできない。作家として忙しいからというのではなくて、単に、本を読むことに対してすれてしまっているからである。年を取るとはそういうことだ。次々に手に取る本が新鮮で、衝撃的で、むさぼるように読み続ける、そんな幸福な若い時代は（そうしたくても）二度と取り戻せない。

だから、ここだけは中年の偏屈さを抑え込んで言うのだが、僕はあの味気ない五年半の大学生活に実は一つも不満を持っていないのかもしれない。あの時代だけは、そうあるべきだったのだと心の底で信じているのかもしれない。こうであれば良かったという不満がないから、そのまま手をつけずに眠らせておきたい。それが大学時代を小説に書かない、書こうと思わない理由ではないかと、自分では考えている。

（『北海道新聞』四月二日）

じわじわとはじまる

ふたりが出会って、恋に落ちて、そのあとこうなりました、と大ざっぱに言えば言える小説を書いているので、恋愛問題には日頃から真剣に取り組んでいる。たとえば次のようなことを、仕事として考えたりする。

男が何か古い小物を持っている。大切に何年も何年も使いこんで、肌身はなさず持ち歩いているいわば宝物だ。それとまったく同じ小物を女も持っている。で、そのふたりがある日出会う。お互いに、これまでの人生で同じ宝物を大切にしてきたことを知る。そこに運命的なものを感じる。自分たちは出会うべくして出会ったのだと、女も男も感じる。そこから恋がはじまる。というようなことは起こり得ないだろうか？

小説としてならまあ許せるけど、現実には無理ね、と僕の友人は意見を述べた。わけを聞いてみると、現実にそれと似たような経験をしたそうである。あるとき仕事の取引先の相手と会って、お互いにメモを取る必要が生じ、筆記用具を取り出した。ふと目をやると、相手の男は万年筆を使っている。その万年筆には見覚えがあった。ひとむかし前に発売された限定品で、自分も色違いの同じものを持っている。持ち歩いてはいないけれど、自宅で手紙を書くときなどに愛用している。つまり、ふたりは同じ時代に、同じ万年筆を気に入って買ったことになる。ひょっとしたら同じ店で買ったのかもしれない。

その話を彼女は相手の男に伝えてみた。すると男はほんの一瞬書く手を休めて、「へえ」と答え、また手帳に目を戻した。反応はそれだけだった。いやなやつ、と彼女は思った。最初会ったときからそう思ってたけど、いやなやつは何が起ころうと(たとえ同じ万年筆を持っていようと)いやなやつなのだ。

だからそんなことで突然恋がはじまったりはしないのよ現実には、と意見を述べたあとで、彼女はすこし照れながら、最近じわじわとはじまった現実の恋の話をしてくれた。

あるとき彼女は男から花を貰った。仰々しい花束ではなく、一輪挿しにぽんとさしておける程度の花だ。前々から男が自分に好意を持ってくれているのは判っていた。でも彼女のほうはピンと来なかった。いまいち、何だかなあ、といった感じだった。でもその日、一緒に食事をした帰り道で男が買ってくれた花を、彼女は大事に部屋に持ち帰った。

それから彼女は二時間ほどかけて台所を掃除した。一輪挿しなど持ってないので、持ち帰った花をグラスにさして最初はリビングに置こうとしたのだが、そっちは暖房が効いているので花のために良くないかもしれない。あれこれ考えて台所の流しのそばに置き直した。なかなかいい。花を置いただけで印象が変わる。でもそれにしても周りには調味料のビンなどが乱雑に並んでいるし、ガスレンジはひどく汚れている。このところ仕事が忙しくて掃除する暇もなかった。この際だからいまやってしまおう。というわけで、彼女は二時間かけて台所のレンジ周りを整頓し、ぴかぴかに磨き上げた。

つまりグラスの一輪挿しが彼女の台所を変えてしまったわけだ。その夜、自分の顔が映るくらいにぴかぴかになったレンジの前に立ち、彼女は強いて言葉にすればこんなことを感じていた。自分自身も一緒に変わってゆけるかもしれない。男ともっと深くつきあうことで、自分にもこんな変化が訪れるかもしれない。いや、すでに、彼から貰った花の置き場所のために夜中に拭き掃除なんかしている自分は、変わりつつあるかもしれない。

台所の掃除、という地味な作業の中で、花をくれた男へのほのかな恋を確認する。それが現実の恋のはじまり方だと言われれば、まあそんな気もする。

（『ａｎ・ａｎ』四月二十日）

光に満ちあふれた日々

卒業アルバム用の顔写真を撮影するときに、カメラマンの人が「笑って」と声をかけてくれたけど自分は笑えなかった。

ほんの五年前の話なのだが、理由はもう憶えていない。その日は朝から体調が悪かったのかもしれないし、直前に、何か気分が沈むような出来事が起こっていたのかもしれない。笑顔をつくれない自分を見て、カメラマンがもう一度「笑って」と言い、「歯を見せて」とも付け加えたけれど、その言い方がくどいなと感じて、急に苛ついてきていっそう笑えなくなった。

うまく笑えないまま写真撮影は終わった。

したがって、卒業アルバムに載っている自分の顔は自然の笑顔とはほど遠く、出来上がった写真をひと目見たとき自分で思いついた比喩で言うと、まるで授業中に具合が悪くなって(実は仮病なのだが)もう我慢できないので保健室に行ってもいいですか？と教師に訴えてみて反応をうかがう女生徒のように半分悲しげな、半分媚びた目つきで写っている。そんな顔をするのは二度と御免だし、そんな顔の自分を改めて見たくもない。だから卒業アルバムは高校を卒業して以来開いたことがない。開いたことがないどころか、それがいまどこに置いてあるかもわからない。わからなくても全然気にならない。

といった話を最近、知り合いの若い女性から聞いた。

なぜそんな話を聞くことになったかというと、先に僕のほうから高校の卒業アルバムの話を彼女にしたからである。

実は今年の正月、実家に帰ったときに、暮れの大掃除のついでにこんなものを見つけた、これは自分で持ってたほうが良くないか、と言って母が一冊のアルバムを持ち出してきた。表紙には「１９７４」の年号が印刷されている。つまりいまから二十七年前、高校の卒業記念に作成されたアルバムである。

僕はそのアルバムを二十七年ぶりに開いて見た。

正直なところ、初めて開いて見た、と言ってしまいたいところなのだが、いくらなんでも卒業時に配られたとき一度は見ているはずだから、たぶん今回が二度目になるだろう。でも二十七年ぶりであることはまちがいない。そのあいだ、僕はそれをどこに置いたかも忘れていた。忘れたまま全然気にもとめなかった。たぶん卒業アルバムとはそういうものだ。常にそばに置き、折にふれて開いて見るという性質のものではなくて、長い時を隔てて、ある日、思いがけなくそれは僕たちの手に戻ってくる。僕が久しぶりに開いた「1974」卒業記念のアルバムには、巻末に、アルバム編集委員の生徒によってこんな文句が添えてあった——きっと、このアルバムも無味乾燥な高校生時代を、あたかも光に満ちあふれた青春の日々と変えてくれるだろう。

三無主義、とかつて呼ばれた世代の高校生にふさわしく、卒業アルバムに添えるにしてはちょっとシニカルで冷たい感じのする文句だが、僕は十八歳だった当時の自分を思い出して、この書き手に懐かしい共感をおぼえた。と同時に、いま四十五歳の中年である僕は、二十七年前の高校生に向かって、さらにシニカルの度を深めた先輩としてこうも呟きたくなった。もし、高校生時代を無味乾燥というのなら、むしろすべての時代が、そのあとに続く人生全体が無味乾燥と言うべきなのだと。

でもそれにしても、アルバム編集委員の生徒の予言はある程度的を射ている。僕は今回、卒業アルバムを開いて見て、そこに満ちあふれた光に目のくらむような経験をした。特に何度も何度も見返した写真があって、それは授業中の教室内をとらえた一枚のスナップである。

詰襟の学生服を着た僕がそこにいる。教室の右手奥の席について、視線はカメラのほうへ向けたまま、周りの同級生たちと一緒に左手の方向を指さしている。右端の窓際の席には懐かしい女生徒の顔があり、彼女は窓から差し込む日差しの中で微笑み、肩まで届く長い髪に片手で触れている。その瞬間に教室で何が起こっていたのかは判らない。でも写真を見ているうちに僕は思い出した。教室内のざわめき、窓から差し込む光の白さと、ぬくもり、空気の匂い。十八歳の僕が確かにそこにいて感じていた音と光と温度と匂いを鮮明によみがえらせることができた。

卒業アルバムとはそういう性質のものだ。

冒頭で紹介した知り合いの女の子の場合がそうであるように、また僕自身がそうであったように、卒業アルバムは、作成された時点ではあまり意味がない。それはいったん忘れ去られる。でもある日、思いがけず僕たちの手に戻ってくる。長い長い時を隔てて、僕たちはアルバムの頁を繰り、そこに満ちあふれた光に目のくらむような経験を味わう。

たぶん僕の知り合いの女の子にもそういう時が来るだろう。十年後か二十年後か、それは判らない。その日まで光は封印される。彼女自身が気に入らない顔写真とともに、光に満ちあふれた日々を眠らせながら卒業アルバムはどこかに置き忘れられている。

（全日本学校アルバム印刷組合編『卒業アルバム』五月）

時のかたち

電話のコール音とは単に、誰かがいまあなたの番号を押しましたよという事実を伝える機能に過ぎない。その音には、ほら早く出なさい、受話器を取りなさい、といった意味は別に含まれていない。

そんなふうに、あたりまえのことをもっともらしく考えて、だんだんと電話に出なくなったのか、それとも、だんだんと電話に出なくなっていくうちにそんな理屈を考えたのか微妙なところだが、いずれにしろ、鳴る電話のすべてに律義に出る必要はない、特に機嫌の悪いときは出ない、という我がままな習慣でこれまでやってきた。電話を引いて二十年ほど経つけれど、そのあいだに受話器を取って話したのは、かかってきた数のおよそ三分の一くらいじゃないかと思う。

もっとも最近は電話の鳴る回数自体がめっきり減った。編集者との打ち合わせはEメールで済ませるし、親しい知人は携帯電話のほうにかけてくるので、家の電話はもうほとんど音を立てなくなった。ごくたまに、コール音が鳴り響いて、珍しいな、いまどきこの電話が鳴るなんてと思うことはある。思いながら鳴り止むまで聞いていることはある。

で、鳴り止んだあと、いまの電話に出ていれば、と空想することもある。いまのがもし思いがけないニュースをもたらす電話であれば、今日一日の予定は少しだけ変わってしまうだろう。もしこの二十年の間に、鳴った電話の全部に出ていれば、それぞれ一日は少しずつ変わってゆき、その一日一日の積み重ねで、僕の人生はいまとは大きく変わっていただろう。そんなことも考えたりする。

@

札幌で大学生活を送っていた頃、諫早の野呂邦暢に手紙を書いた。すると返事が届いて、君はなかなかいい文章を書くねとほめてあった。それがのちに小説を書き出すときの勇気のもとになったと思う。

という話は前にも書いたことがあるのだが、実は続きがある。

野呂邦暢は日記をつけていた。かなり克明な日記で大学ノート何十冊分かの量になるらしい。あくまで噂だが、その話を耳にしたとき、ぜひ読んでみたいと思った。いまから約二十五年前、札幌の大学生から手紙が届いた一日を、諫早の作家はどんなふうに日記に書いているのか。仮に、その日の記述にほんの一言でもいいから手紙に触れた部分があれば、それを見ただけでいっぺんに若返って、作家から返事を貰った大むかしの感激をもう一度味わうことになるだろう。妻と子供をそばに呼んで(あくまで比喩だが)、ほら、これはパパのことだよ、と自慢したくなるだろう。

で、つい先日、友人の、知り合いの、そのまた知り合いに、実際に野呂邦暢の日記を見たことがあるという人がいて、詳しい話を聞いた。噂は事実だったわけである。ただし、野呂邦暢が日記をつけていたのは、作家としてデビューする前の二十代からデビュー直後の三十代なかばまで、との事実も同時に判明した。大学生が手紙を書いたとき、作家は四十歳だった。だからその年の日記は存在しない。

こうしてこの件には決着がついた。今後、比喩であろうと何であろうと、作家に書いた手紙のことで誰かに自慢する機会は永遠に失われたわけである。

@

ワープロで書き上げた原稿をファックスで送る。校正刷りがファックスで送られてくる。その直しを電話で伝える。または箇条書きにしてEメールで送る。という流れでいまは仕事をしているのでファックスは必要である。ないと困る。

でも世の中の人々はファックスがなくても困らない。困らない人が多数派のようだ、と想像する根拠を二つあげる。一つ、一昨年機械を買い替えたのだが、どうも投げ売りに近い印象だった。値段の交渉に入る前から担当者は、いいですよ、もう定価の半額で、と言った。きっと大勢が欲しがらないから売れ残っているのだ。二つ、まちがいで送信されてくるファックスが最近はない。

まちがいファックスがなくなったのは、私的な用件でファックスを利用する人がいなくなったせいではないか。みんなきっとEメールに乗り換えてしまったのだ。だが数年前の一時期、ほんの一時期だったが、まちがい電話と同じくらいの頻度でそれは起こった。

たとえば結婚式の案内が届いたことがある。母親が息子あてに送った案内のようだった。お姉ちゃんの結婚式は何月何日、会場(地図付き)はどこどこで、私たちは何時の列車で出発する、あんたも一緒に行くなら絶対朝寝坊しないように、という内容だった。

姉の結婚式に朝寝坊の心配をされる息子もちょっと頼りないが、その息子のファックス番号を押しまちがえる母親もいい勝負だ。でも何だか良さそうな家族で、僕が余計な世話を焼かなくても、物事はまるく収まるような気がしたので放っておいた。たぶん収まっただろう。

@

自分の名前のついたウェブページがあり、そこでアドレスを公開しているので、たまに読者からEメールが届く。むかしむかし、僕が作家に手紙を書いたのと同じように、彼らも小説の感想を送ってくれる。

好意的なものばかりとは限らない。なかには、おまえの小説なんか犬の糞だ、みたいな喧嘩腰なのもある。あなたの恋愛観は容認しがたい、だからもう恋愛小説は書くな、というのもある。ていうかおまえが恋愛するな、と思わず呟き返したくもなる。

好意的な感想のメールにもいろいろある。

読者が僕の書く文章に不快感をおぼえたり逆に共感してくれたりするのと同様に、僕のほうも読者のメールに対して様々な感想を持つ。何度も読み返させられるのもあれば、一度さらっと読んでそれきりの場合もある。

何度も読み返させられるのは、直感だが、この人は遅かれ早かれ小説を書き出すだろう、書いてしまうだろう、むかしの僕みたいに、と予言してみたくなるような若い人からのメールである。これには返信したいと思う。きみはいい文章を書くね、という意味の励ましを、平成の作家らしくメールにしたためたいと思う。

で、実際にメールの送信ボタンを押して、むかしむかし、昭和の作家から貰った返信のことを再び思い出す。それは鮮やかな青のインクで記された達筆の手紙だった。一方、僕が送ったのは個性のないフォントの画一のEメールである。たぶんその若者が小説を書き出す可能性は高いのだが、その若者が僕の励ましを忘れてしまう心配の確率のほうがもっと高いだろう。

（『朝日新聞』七月十日—十三日）

賭ける

最初の本が出版されたとき、僕はその内容を完璧に記憶していた。

最初の本というのは原稿用紙で約七百枚の長編小説なのだが、書き出しの第一行目から最後の行まで、一字一句まちがいなく、頭に入っていた。誰かが望むなら、その場で暗唱してみせることもできた。いまから十八年前の話である。

当時、ある疑り深い知人から、本当に全部暗唱できるものかどうか、試しにここでやってみないか？　とからかうような感じで言われたので、ついカッとして、大人気ないかなと思いつつも実際に「一冊まるごと暗唱」に挑戦してみたことがある。確か酒場のカウンターでの出来事だった。そのときは(たぶん僕が本気でやるつもりだという迫力が伝わったのだろう)、第一章を淀みなくクリアして、第二章にかかったところで、わかった、もういい、と知人が降参した。そして確認のために持っていた本を閉じてこんな感想を述べた。

「なんだか棋譜を暗記してるプロの将棋指しみたいだな。ひょっとしたら、おまえもこれからプロの小説家としてやっていけるかもな」

もちろんそのつもりだった。

誰にどんな感想を持たれようと僕はプロの小説家としてやってゆくつもりだった。というよりもむしろ、当時の僕は、すでに自分がプロの小説家であるとの自負を持っていたようである。ようである、とここで急に曖昧になるのは、つい最近、デビュー直後の(つまり最初の本が出版された頃の)インタビュー記事を目にする機会があり、その中で自分が喋っていることを、まるで他人事のように新鮮に読んでしまったからである。

それは地元のタウン誌に掲載されたインタビューで、ある人が、本棚を整理していたらこんなものが出て来たので差し上げます、と送ってくれたのだが、掲載誌を開いて見るまで、僕はそのインタビューを受けたこと自体忘れてしまっていた。今後どんな小説を書きたいか？　と質問されて、二十八歳の青年はこう答えている。

「僕は趣味で小説を書くつもりはない。小説家として生計を立てるために小説を書きます。小説家になるために文学賞に応募したわけだしね。だから今後の目標はひとつ、プロの名に恥じない小説家であり続けること」

地方に住むずぶの素人が、独力で、長い小説を書き上げて、出版社に認められた。

その直後のインタビューだから、多少、有頂天になって我を見失うのも無理はない。大目に見てやってほしい。と自分でかばってやりたくなるような生意気な発言である。

それにしても、この発言を見る限り、当時の僕はいまの僕よりもよほど自信に満ちあふれていたように思える。出版社に認められたとはいっても、まだ長編小説を一つ書いただけの話なのに、将来への不安は少しもなかったのだろうか。いったいこの自信の裏付けは何にあったのだろうか？

というようなことを考えながら、これもつい最近、デビュー後三年目に書いた古いエッセイを読み返していたら、文学賞に応募した長編小説のことを「大きな賭け」に譬えている文章を発見した。発見した、というのも他人事のようで情けないが、十八年も小説家を続けているとこれくらいは当たり前になる。二十代や三十代の若書きの文章はもうほとんど憶えていない。デビュー作の長編にしたって、いま暗唱できるのは書き出しの三行目くらいまでだ。

で、古いエッセイの中で僕はむかしの僕がこう書いているのを発見した。

「その頃の毎日をいま振り返ると、ひょっとしたら小説を書くことじたいが一つの博打ではなかったかと思われて仕方がない。もちろん当時はそんなことは考えていなかったはずだが、しかし二十代も後半にさしかかった男が職にも就かず、恋もせず、友だちにも変人扱いされながら、二年間をただ長編小説を書き上げるためだけに使ったのである。（略）もし書き上げたとしても誰に読んで貰えるあてもない。もし出版社に送ったとしても、新人賞に当たる確率は競輪場の予想屋の信頼度と同じくらい低い、はずれたらゼロだ。七〇〇枚の原稿はクズになり、七〇〇日の推敲はすべて無駄になるかもしれない。（略）これはやはり博打である。まちがいなく大きな賭けである」

要するにこの文章は、いまの僕に言わせれば、「自分はその大きな賭けに勝ったのだ」という自慢話である。手元の国語辞典をいくつか引いてみると、賭ける、という言葉は、「大切な物を失うかもしれない・その覚悟のうえでの行為」といった感じで説明されている。つまり人は、大切な金を失うかもしれないとの覚悟のうえでギャンブルに手を出すわけである。引用した文章を書いた頃の僕は、二年の月日を、すなわち自分の青春を賭けて長編小説を書いたと言いたかったのだと思う。デビューから三年経ってもまだ自慢している。新人賞を受賞し小説家として認められたことがよほど嬉しかったのに違いない。

むろんいまの僕は醒めている。四十六にもなっていまさらむかしの自分を自慢したいとも思わない。思わないけれど、同時に、むかしの自分を（二年間かかって長編小説を書いたことを「大きな賭け」に譬えた自分を）、いまもまったく否定しようとは思わない。

なぜなら、僕はもう忘れかけているからだ。

二十代の二年間がどれくらい長く大切な月日であるかを。その二年間を一つの長編小説にまるごと捧げるという勇気のようなものを。あるいは長編小説を一冊丸暗記してしまうほどの、貪欲な、小説へののめり込み方を。その長編をようやく書き上げたとき、若い僕が感じたに違いない未来への確かな手ごたえを。

だからデビュー後間もない僕が、長編小説を書いたのは大きな賭けだと書いているのであれば、それはその通りだったと素直に認めたいと思う。

いま国語辞典を引くたびに老眼鏡をかけなおしている中年の僕には、想像もつかない若い自信が当時の僕にはあったのだろう。その自信、もしくはすでに自分がプロの小説家であるとの自負は、漠然とした未来への希望などではなくたぶん、いまの自分が忘れてしまっている当時のいくつかの現実、たとえば原稿用紙七百枚分の暗唱というような確固たる事実に裏打ちされていたのだろう。

若い僕は大きな賭けをして小説家になった。

それは認めようと思う。ただ、そこから先の長い長い道のりもいまの僕は知っている。勝利の自信を持って歩き始めたはずの道が、勝ち負けの見えない深い森へとつながっていたことも知っている。

いまの僕はこんなふうにも思う。

あのとき僕が大きな賭けで手に入れたのは一つの道しるべに過ぎなかったのではないか。あのときの僕の自信は、これから歩いてゆく方角を知っている者の自信に過ぎなかったのではないか。その道をいまも中年の僕は歩いている。道しるべの立っていたあたりの記憶はもうぼやけながらもまだ先へ歩いている。その意味では、あのときの賭けはいまも延々と続いているのかもしれない。

（『図書』十月）

［解説］
谷村志穂『なんて遠い海』

小説家には小説家としての小説の読み方がある。あると思う。経験で言うと、他人の書いた小説を読むときには、自分だったらこう書くだろうな、と常に考えながら読む。たとえて言えば、校正刷りにチェックを入れるようなつもりで読む。もっとはっきり言わせてもらえば、添削しながら読む。

プロの小説家に対して失礼な話だとは思うけれど、これは相手が誰であろうと同じである。明治の文豪の作品であろうと現代のベストセラー作家の作品であろうと同じだ。例外なく添削する。添削して自分の納得のゆく文章に書き直しながら読む。書き直さないと読み進めない。

この文末の「したのである」は単に「した」で止めたほうがシンプルでいいんじゃないかとか、ここに読点を打つとリズムがくずれるから取ったほうがいいなとか、この一行は余計だなとか、ここでこの台詞はないだろう、これなら黙ってたほうがましだとか、こんな漢字を使っていったい誰に読ませるつもりなんだ？　平仮名にしようとか、頭の中で細かいところまで書き直し、そして読み直しながら頁をめくってゆく。

平均するとだいたい一頁につき三回か四回そういう作業をしながら読んでゆく。中には一行ごとに添削の必要な小説もあって、そういう場合は非常に疲れる。こんなに疲れるくらいなら、読書なんかやめて自分で小説を書いたほうがましだと思うこともある。で、小説家は机に向かって自分の小説を書く。書き上がった小説を別の小説家が読む。添削しながら読むだろう。

以上が小説家としての小説の読み方である。おおむね小説家はそういった読み方をしている。していると思う。

これは不幸な読書の典型と言える。余計なことを考えずに小説の世界に没頭するのを幸福な読書とすれば、小説家の読書は不幸と言わざるを得ない。では小説家には、幸福な読書の時間にひたることは絶対に許されないのか？

まれに許される。これも経験で言うと、自分ならこう書くだろうな、ではなくて、ああそうか、こう書けばいいのか、と納得するケースがごくまれにある。そのとき小説家は一読者に戻って、幸福な読書への入口に立っている。こういう文章の書ける小説家にならば黙ってついてゆこうと、久しぶりに素直な気持になって頁をめくる。添削などしない。する気も起こらない。

そんな小説がある。余計なことを忘れさせ、読書の幸福を思い出させてくれる小説。ここにその一例として、谷村志穂のこの本『なんて遠い海』がある。たとえば「最終公演、ワーグナー」という短編の中で谷村志穂はこんな文章を書いてみせる。

風呂場で、婚約者が鼻歌を始めたようだった。二つの声がみゆきの左右の耳を通り抜けたとき、みゆきはごく無意識のうちに、耳にしっかりと受話器を当てていた。

婚約者が入浴中に、別の男から電話がかかってくる。突然のしかも初めての電話だ。主人公のみゆきの心はふたりの男のあいだで揺れる。電話では男が喋っている。たった一度、しかも十分程度会っただけの男が。風呂場からは婚約者の鼻歌が聞こえてくる。次の瞬間、みゆきは電話の男を選び、そちらへ意識を集中させる。くだくだ説明すればもっといくらでも書ける場面を、たったの二行で、不足なく描いてみせる。ああそうか、こんなふうに書けばいいのか、と僕は納得する。そして素直に次の頁をめくる。

するとまた、たとえば「今日も猫に話しかけてみる」という短編の中にはこんな文章が出てくる。

「あなたに一度聞いてみたかった。そもそもあなたって、本当に誰かを愛したことってあるの？」

清子は突然、そう言ったのだ。

少し目が虚《うつ》ろで、唇がぽてっとしていて、酔っているみたいだった。

これは若い夫婦がふたりで話しているあいだに、いつのまにか離婚を決めてしまう、その途中のワンシーンである。「本当に誰かを愛したことってあるの？」という妻の台詞は、普通の小説家ならまず採用しないだろうと思う。書いたとたんに嘘っぽくなる危険性を回避したがるんじゃないかと思う。ところが谷村志穂は度胸良く、妻にその台詞を言わせる。いったん言わせておいて、その二行あとに、「少し目が虚ろで、唇がぽてっとしていて、酔っているみたいだった」という夫の観察を(冷静で的確な観察を)付け加えることで、もともと女性雑誌の特集の見出しみたいに個性のない妻の台詞を、逆にリアルに際立たせる。こんな顔つきで、こんな台詞を喋る女を確かに見たことがあるぞ、と僕は思う。ああそうか、こんな書き方をすればいいのか。そしてまた素直な気持で次の頁をめくる。

そうやって頁をめくり続けて『なんて遠い海』を一冊読み終える。すると今度は谷村志穂の別の小説まで読みたくなる。それが幸福な読書のあとでの自然な反応である。いまから近くの書店へ走って行って探してみようかと思う。たぶん僕に限らずこの本を読んだ人はそう思うだろう。実際に走ってしまう人もいるだろう。止めるつもりはない。

でも、僕は仮にもプロの小説家なので、同業者の本を買うために書店へ走ったりはしない。そこまではしない。谷村志穂の別の本を探すのはあと回しにして、代わりにいま読み終えたばかりの本をもう一度読み返してみる。いったい谷村志穂の小説の何がどう僕を捉えてしまったのか？

ふたたび「最終公演、ワーグナー」を読むことでその答えを考えてみよう。

主人公のみゆきはインタビュアーである。インタビューの様子をテープレコーダーに録音して、雑誌の編集部から指定された枚数の原稿にまとめる仕事をしている。が、その仕事に特別熱心なわけでもない。「結婚して子供ができたら、みゆきはあえて仕事を続けたりするつもりはない」と最初に説明されている。

みゆきには親戚の紹介で知り合った銀行員の婚約者がいる。結婚する日も間近い。そんなある日、みゆきはそれがほぼ最後の仕事として有名な指揮者に会う。ほんの十分程度。上出来とはとても言えないインタビューが終わり、「入梅の前に、今年も紫陽花《あじさい》をひと鉢買おうと、みゆきはもう自分のベランダのことを考えていた。週末からは、婚約者が少しずつ荷物を運び込むことになっている」。

ところが翌週、その指揮者から突然みゆきに電話がかかってくる。婚約者が部屋にいるときに。それがさきほど引用した場面である。入浴中の婚約者は、その電話には気づかない。でも電話は毎日かかってくるようになる。公演先の外国から一方的にかかる。「みゆきは、それを待つようになっていた。あっと言う間にそうなった」。婚約者がそばにいても、みゆきは「飛び付くように」電話に出る。だから婚約者が男の存在に気づかないわけはない。というふうに自然に話は進む。

だが、ここまでの話は本当に自然に進んでいるだろうか？　実を言うと、僕はこのまったくけれんみのない話の進め方に驚いて、次のようなことを考えた。

仕事にさほど熱心でもなく、近々結婚してやがては子供を産む予定でいる女の心が、たった一度会っただけの男に傾いてゆく。男から一方的にかかってくる電話を毎日待つようになる。つまり手も触れたことのない男と、言葉をかわすだけで恋に落ちてゆく。実に面白い設定だと思う。でも、そういう設定であれば、普通は、みゆきのその不思議な恋を婚約者がいつ、どのようにして知ってしまうか、という点に緊張感が一つ生まれてもおかしくはないところだ。もっと言えば、みゆきの恋を隠したまま、つまり婚約者には知らせないまま話を終える書き方もあっただろう。なぜなら、ここであえて付け加えておくと、みゆきが恋に落ちる指揮者の身体は末期癌におかされている。あと半年の命であることは小説の冒頭で明らかにされている。つまり、みゆきは指揮者との恋を婚約者には内緒のまま半年で終わらせ、当初の予定通り結婚する、という筋書きも立派に成立することになる。

同じプロの小説家として断言するけれども、谷村志穂はこの小説を書いているとき、まちがいなく、いま僕が考えているような婚約者の扱いについて検討したはずだ。検討した上でそれらを捨てた。婚約者がみゆきの秘密をいつどのようにして知るかというサスペンス、もしくは知らないまま終わらせるという苦い味のラスト、小説家がついすがりたくなるストーリー展開の面白みを両方とも捨てたのだ。なぜか？

この小説のキーワードである「誠実」を谷村志穂は代わりに取ったからだ。主人公のみゆきも、末期癌の指揮者も決して嘘をつかないし、約束も破らない。彼らはかかわる相手にも誠実に対応するし、自分自身の興味にも誠実な人間として描かれる。そして最終的には婚約者も、みゆきの誠実さを受け止めることになる。つまりこの小説にこざかしい仕掛けは要《い》らない。谷村志穂は最終的にそう判断したに違いない。これはひとことで言って、誠実を貫いた大人のラブストーリーなのだから。

僕はこの小説を二度読んで二度ともその点に注目した。一編のラブストーリーを書くために、一編全体に「誠実」という空気をゆきわたらせるために、その気になればいくらでも挿入できる仕掛けを捨ててしまった小説家に僕は同業者として感動する。プロの小説家としての誠実な姿勢を見せてもらったような気がして、本を閉じたあとも(自戒の意味もこめて)静かな感動は続いている。

(『なんて遠い海』解説、集英社文庫、十月)

[書評] 関川夏央『本よみの虫干し』

今月出る文庫の小説ゲラ、来月出るエッセー集のゲラ、来年一月に出る文庫の小説のゲラ、あとはいま書きつつある小説の原稿と、最近は自分で書いたものばかり読み返している。

自分で書いたものばかり読んでいると、つい、それが日本語の模範であるかのような気がしてくる。ほかの人々が、ほかにどのような日本語の読み書きをしているか忘れがちになる。忘れないにしても、過去の先達の作品は若い頃に全部読んだと思っている。明治・大正・昭和の時代のおもだった本は読みつくした、もう読むべき本は残っていないと傲慢にも思い込んでいる。

自分がどれくらい傲慢な読者であるか、それは関川夏央著『本よみの虫干し』を読むことでわかる。この本は、誰もがタイトルだけ知っていて、内容は読んだつもりになっている文学作品を、偏りなく、実に幅広く選んで、複雑な事柄もわかりやすく、ユーモアに富んだ日本語で解読してみせる。まるで、博学の友人の話を聞くように勉強になり親しみの持てる本だ。

むろん、幅広い選択の中には最初から人々に忘れ去られている作品も含まれている。で、ここにまだ読むべき本が残っている、と傲慢な読者はまず目を覚まされることになる。次に『三四郎』や『走れメロス』や『点と線』や『麻雀放浪記』を、確かに一度読んだことがあるという人も、その記憶がこの本によってぐらつくことになる。作家の裏話、作品からの引用を織り交ぜての、縦横無尽な解読があまりに新鮮に感じられるからだ。この有名な作品群を本当に読んだことがあるのは関川夏央だけなんじゃないか？　そんな気までしてくる。

若い頃にさんざん本を読んだと自負する人は、この本で読者としての傲慢さのレベルを測定したほうがいい。僕みたいに針がふりきれた人は、自分自身を虫干しして、改めて謙虚に先達の作品と向かい合う必要がある。

（『日刊ゲンダイ』十二月六日）

つまらないものですが。

二〇〇一—〇二年

ファーストキス

ファーストキスと題した文章を書くために、というよりも自分自身のファーストキスの体験について書くためには、まず川上哲治の話から始めなければならない。川上哲治は往年のプロ野球選手である。

どれくらい往年かというと、現役を引退したのが一九五八年、僕が生まれたのはその三年前だから、これは相当むかしの話になる。今年四十六歳になる僕も川上哲治のプレーは実際に見たことがない。見たことがないのでインターネットでいまざっと調べてみたのだが、現役時代には「打撃の神様」と言われるほどの名選手だったらしい。首位打者のタイトルを五回も獲得している。いまで言えばイチローみたいな選手である。大ざっぱにそう思ってまちがいではないと思う。引退後はジャイアンツの監督を長くつとめた。

川上哲治がそのジャイアンツの監督時代に、僕は小学生だった。

小学五年生か六年生で、国語の宿題に作文を書いた。もちろん先生に書きなさいと言われて書いたのだが、実はそれが最初の文章になる。今年四十六歳で小説家を職業としている僕が、記憶をたどってたどって行き着ける最も古い、自分で書いた文章がその作文である。先生に与えられたテーマは尊敬する人物。つまり僕は十一歳か十二歳で初めて意識してまとまりのある作品を一つ書き上げた。

いまからおよそ三十五年前、尊敬する人物というテーマで作文を書くように言われたときの、うっとうしい気分を僕は昨日のことのように憶えている。でも書くしかない、書かないわけにはいかないのだと自分に言い聞かせたことも憶えている。尊敬する人物というテーマが特別に嫌だったわけではない。ないと思う。わたしの家族というテーマでも、将来の夢というテーマでも事情は同じだったような気がする。要するに作文なんか書きたくなかったのだろう。与えられたテーマが何であろうと、そのことについて、自分の気持や考えを正直に、率直に、素直に、あからさまに……何でもいいけど、とにかく語りたくなんかなかったのだ。

でも宿題なので書かないわけにはゆかない。宿題を期日までに仕上げるのが小学生の仕事である。さんざん頭を悩ませたあげくに、三十五年前の小学生は手近の漫画雑誌を開いて、そこに『川上哲治物語』というタイトルの作品を見つけた。この漫画を読んで、作文をでっちあげようと僕は思った。言葉にすれば小学生にはふさわしくないような気がするが、気持の動きとして当時まったくこの通りのことを思った。小学校高学年で、ソフトボールに熱中していた少年は、自分が尊敬する人物にプロ野球界のビッグネームである川上哲治をあげることはごく自然で、宿題を出した先生も納得するだろうとまで思った。

で、彼は実際に「尊敬する人物——川上哲治」という作文を書いた。もちろんそれは真っ赤な嘘である。当時の少年は自分が嘘をついたという事実をはっきり意識していたし、同時に、その嘘が先生には一つの真実として受け入れられるだろうとの確信も持っていた。今後の自分は川上哲治を尊敬する野球少年という目で見られるだろう。三十五年後の少年、つまり僕はそのときの気分というか覚悟のようなものをいまだに憶えている。あるいはそのことだけしか憶えていない。書いた作文の内容も、それを読んだ先生の評価もまったく記憶にない。今年四十六歳になる僕が記憶をたどってたどって行き着ける最も古い、自分で意識してついた嘘がその作文である。つまり、僕の人生の中で初めての嘘と初めての文章とは重なっている。

でもこれは何も僕ひとりに限ったことではないのではないか。

僕が特別なのではなくて、子供の頃に作文を書かされた経験のある人たちは、そしてその経験をいまだに憶えている人たちは(たいてい)みんな、当時の僕と似たりよったりの嘘をついたのではないだろうか。

もっと言えば、たいていの人たちはその嘘をつくことに耐えきれず、作文というものに(子供心に)うさん臭さを感じ取って、以後、文章を書く機会から意識的に遠ざかってしまうのではないか。逆に、嘘をつくことになんとか耐えきれる人たち、つまり作文というもののうさん臭さに気づきながらもその中に嘘をつく余地というか余裕というか、いずれにしても自由という言葉により近いものを感じ取ってしまう人たちがいて、以後、意識的に文章を書くことを苦にしなくなるのではないか。その中から小説やエッセイを書いて、書き続けて、プロの作家になって、ある日ふと、いま自分がやっていることは小学校時代に書いた作文と同じだ、あれの繰り返しだと思ってしまう人間が出てくるのではないか。そのうちのひとりが僕なのではないか?

正直な話、僕は仕事をしていて(特にエッセイの依頼を受けたときに)あれと同じだと思うことがある。しばしばある。三十五年前のあの宿題に出された作文、「尊敬する人物——川上哲治」を書いたときと同じことを延々と繰り返しているのだと。だから、もし仮に、小説家の仕事の内容を端的にイメージとして捉えたいかたがいらっしゃるとしたら、小学校のときの作文を思い出されるといい。尊敬する人物という宿題を出されたときのうっとうしい気分、どこからどう手をつけてよいのか途方に暮れて、でも書かないわけにはゆかないと思い直して、周囲を見まわしてヒントをつかんで、事実に大小の嘘をまぜてなんとかかんとか書き上げて提出する。あれが小説家の仕事だと、大ざっぱに思ってまちがいではない。

十六歳の秋だった。

ファーストキスの話である。もう始まっている。一九七一年、高校一年生の秋の出来事だ。その頃僕は佐世保市内にある進学校の真面目で、成績のよい、あまり目立たない生徒だった。つまりどこにでもいるごく普通の少年だった。同じ高校の生徒とはまだあまりつきあいがなく、高校最初の夏休みは中学時代に親しくしていた友人たちとしょっちゅうつるんでいた。夏休みが終わってからも、日曜になると電車で一時間ほどかけて彼らのたまり場に顔を出した。で、一緒になって悪さをした。当時の少年の悪さというのは、もうよく憶えてもいないのだが、音楽を聞きながらボンドを吸ったりウイスキーを飲んだり、まあそんなことだったのじゃないかと思う。

悪さに参加して終電を逃すと、月曜の朝始発で自宅に帰ることになる。その日も友人たちのたまり場で雑魚寝して、目覚めたのは早朝だった。ひとり先に起きて、挨拶抜きで部屋を出て、駅へ向かう。まだ薄暗い道を歩いて途中で橋を一つ渡る。

彼女は自転車に乗って橋の向こう側からやって来ると、僕の目の前でブレーキをかけた。

まにあった、と彼女は言った。前夜一緒に悪さをした仲間のひとりだった。同じ中学で顔と名前は知っていてもろくに喋ったこともない相手だった。まにあった、と言って彼女は一枚のレコードを差し出した。ゆうべ彼女が自宅に帰る前に、「こんど貸してあげる」と約束してくれたレコードを。

僕は礼を言ってそれを受け取った。

「駅まで送っていく」と彼女が自転車の後ろを目でしめした。

「無理だよ」

「無理かどうか乗ってみて」

無理ではなかったのだろう。僕は駅までのふたり乗りをはっきりと記憶している。早朝の風と、風になびく彼女の髪と、片手に握ったレコード、彼女のウエストにまわしたもう片方の手の感触を記憶している。

そのあいだに何を話したのかは憶えていない。何を話している途中で、あたしとキスしたい？　と彼女が訊ねたのか、もう憶えていない。

「あたしとキスしたい？」

「いや」

「どうして？」

僕が憶えているのはこの三つの台詞だけだ。

どうして？ と聞かれて僕は何も答えなかったと思う。何も答えられないほど密度の濃い、劇的な時間の中に十六歳の少年はいたと思う。

そのあと僕たちは駅で別れた。たぶん手を振って別れ、僕は始発電車で自宅に戻り、学生服に着替えて普段通りの月曜日を送った。

それからきっちり三十年の月日が流れ、残念ながら(幸いなことにと言うべきだろうか)僕は彼女の顔も名前ももう思い出せない。

ただ、ファーストキスという言葉からいまだに連想するのはあのときの、あの早朝のふたり乗りのことだ。

つまり僕は実際にはしなかったキスの思い出をこの三十年間あたため続けている。どうして？ という彼女の最後の質問に答えあぐねたまま、まるであのときのあの時間が、自分にとっての初めてのキスの体験であったかのように、いちばん重要なキスの体験であったかのように、思い出を大事にあたため続けている。

少数派

尊敬する人物は誰かという質問に対して、それは自分の父親であると（平然と）答えるのは、当時の僕の感覚からすればルール違反ではないかと思う。

当時とは、尊敬する人物というテーマで僕が作文を書かされたいまから三十五年ほど前の時代を指すのだが、その時代の小学生のあいだには、尊敬する人物を聞かれたときには日本国内または西欧の（とにかく図書館に伝記が並んでいるような）偉人の中からひとり選んで答える、というのが暗黙のルールになっていたような気がする。

だから僕がルール違反すれすれで連載マンガから川上哲治を拾い上げてきて作文をでっちあげたように、クラスメイトたちもまたおのおの野口英世とか北里柴三郎とかエジソンとかベートーベンとかの本を（無理してでも）読んでなんとかかんとか宿題をこなしたわけである。そんな中に、もしひとりでも、「私の父」という題で作文を書く生徒がいればかなり異彩を放ったのではないか。記憶をたどって考えてみると、どうもそんな気がする。

そんな気がするので、周りの友人知人に試しに訊ねてみた。

子供の頃に、尊敬する人物というテーマで作文を書かされた記憶がないか。あるとすれば誰を題材にして書いたか。すると、あると答えた人のうち、ほぼ半数が自分の父親、または母親のことを書いたという意外な事実が判明した。

でもこれは、質問した相手のほとんどが僕よりも年下なので、三十五年前とそのあととでは事情が違うのかもしれない。時代とともに尊敬する人物像が、というか、尊敬する人物は？と先生に聞かれたときの子供たちの戦略が少しずつ変わってきているのかもしれない。

などとひとりで考えていたら、それはちょっとピントがずれてるんじゃないか、とある友人から諭された。あのな、おまえは新聞もスポーツ欄と自分の原稿の載ったときの文化欄しか読まないし、世の中の出来事にうといから知らないだろうけど、時代はおまえの呑気な感想をはるかに超えて変化している。だいいちその、尊敬する人物は？なんて質問はいまどき誰もしない。たとえば就職の面接試験では、個人の思想信条にかかわる質問はしてはいけないことになっているから、尊敬する人物を訊ねるのも違反質問の一つだ。もし聞かれたとしても答える必要はない。知らないだろ？

知らなかった。違反質問という言葉すら初耳だった。で、早速インターネットで検索してみたところ、なるほど就職差別に関連して違反質問という言葉は厳然としてあり、尊敬する人物は？　との問いかけもその一つに数えられるようだ。
就職差別につながる違反質問と、小学生の作文とはあんまり関係ないんじゃないか？　という気がしないでもない。でも一方で、確かに違反質問という言葉がいまの時代に存在し、新聞を一面からきちんと読んでいて世の中の出来事に詳しい人々のあいだではすでに常識であるとすれば、その常識ある人々が子供たちの親であり、また子供たちを教える小学校の先生でもある可能性が大なわけで、そうすると違反質問という言葉を知ってるだけで意識的にだろうと無意識にだろうと規制の力が働いて、いまはもう、国語の宿題として堂々と、尊敬する人物というテーマの作文が出されるケースは珍しくなっているのではないか。とすれば、尊敬する人物は？　と聞かれて古今東西の偉人の名をあげようが自分の父や母をあげようが、いずれにしてもそういった質問を受けての作文を書かされた世代、頭をひねってどうにかこうにか書いてみせた記憶を持つ世代の存在じたいがいまや少数派なのかもしれない。

@

先日、仕事に使っているワープロが故障した。
十年来小説を書き続けてきた愛用のワープロ専用機である。故障したとたんにその日はやる気がなくなり、小説書きを諦めて今度はパソコンに向かってホームページの掲示板でもチェックしようと思ったらこれがつながらない。しばらくじたばたしたあげくに原因はわかった。

自宅の電話回線が不通になっている。不通になっている理由もしばらく考えてわかった。電話料金の未納である。なんか踏んだり蹴ったりの一日だなと思いながらNTT西日本の料金請求書を探した。それを持ってコンビニに支払いに行くのが毎月の習慣である。先月たまたまその習慣を忘れてしまっていたのだ。

ところが先月分の請求書がない。どこをどう探しても見つからないので、しまいにふてくされてそのまま放っておくことにした。家の電話が二、三日止まったところで別段不便なこともない。携帯電話だって持っている。その携帯電話に金曜日になってふたりの編集者から連絡が入った。ひとりは「自宅の電話が止まってるようですが、あれはストーカー対策かなにかですか?」と静かな口調で独特な皮肉を言い、もうひとりは「こちらからファックスを送る用事があるので月曜までにはなんとかしてください!」と普段よりもきつい口調で言った。

で、僕が料金支払いに出かけたのは土曜の夜である。

雨も降っていたし、タクシーでNTTまで行き、降り際に「夜間窓口はどこですかね？」と運転手さんに訊ねると、「ああ、裏のほうにあったんじゃないかな」と答えてくれた。傘をさして建物の裏のほうにまわってみると確かに明かりの見えるドアがある。そばにインターホンも付いている。が、ボタンを押しても押しても誰も出てきてくれない。しばらくしてようやくドアの貼り紙に気づいた。十二月一日よりすべての窓口業務を停止しました、と書いてある。その日付が昨年の十二月一日のことであると気づくまでにまたしばらく時間がかかった。

窓口業務を停止しましたと貼り紙で宣言されても、では電話料金を支払うためには、支払って回線を復活させて普通に電話を使えるようにしてもらうためにはいったいどうすればいいのか？　請求書があればコンビニで支払える。NTTの建物の裏手で、雨の週末だろうが夜中だろうがいつでも支払える。でもその請求書がない。NTTの建物の裏手で、傘を打つ雨音を聞きながら僕は五分くらい呆然と立ち尽くしていたと思う。むかしは、もし料金未納で電話が止められたら、NTTに駆けつけて未納分の料金を払い込めばまもなく電話は使えるようになる、という手順ではなかったか。その便利な手順はいつからなしになったのだ？

あとで冷静になってから調べてみると事情はこうである。

現在、NTT西日本はすべて窓口業務を停止している(たぶん二〇〇〇年の十二月一日からなのだろう)。少なくとも九州管内はすべて停止している、と僕が電話して訊ねた係の人は断言した。電話料金を口座振り替えで支払う手続きをしている人は別として、そうでない人、つまり僕のような人間はNTTから送られてきた請求書を持って金融機関なりコンビニなりで支払うことになる。で、万が一、その請求書を紛失した場合には、料金問い合わせ先の係へまず電話をかけなければならない。

そのとき自宅の電話が止まっていたらどうするんだ、という疑問に答えて携帯電話専用の番号も設けてある。とにかくそこへ電話をして請求書を再発行してもらう。再発行された請求書が郵送されてくるのを待つ。そして届いた請求書を持ってコンビニに支払いに行く。ようやく電話回線が復旧する。そういった手順になる。

ただしその料金問い合わせの係は平日は午前九時から午後五時までの受け付けで、土日と祝日は休みである。だから雨降りの土曜の夜に、止められている電話を元に戻してもらおうとどれだけがんばってみてもそれは無理だ。月曜にやっと連絡がついてもすぐには無理だ。再発行された請求書が郵送されてくるのをじりじりしながら待たなければならない。

とここまでの経緯を、月曜になって携帯電話で例の編集者に正直に伝えたところ、勘弁してくださいよ、とのことだった。

「こちらから送る予定のファックスはどうすればいいんですか。だいいち、いまどき夜間窓口に未納料金を払いに行くなんて誰もやりませんよ、そんな発想じたいしませんよ」

「いや、でも水道料金の場合はね、いまでも水道局に夜間窓口があってさ、宿直の人が電卓で計算してくれたりするんだよね。それがあるんで電話も同じだと思って油断してた」

「勘弁してくださいよ。普通の人が普通にやってることをもっと学びましょうよ。そういう一般常識が小説を書く上でも大事なんだって、自分でも言ってたじゃないですか」

まあ確かに、コンビニで毎月毎月現金で電話料金を支払う習慣の人は、どちらかといえば少数派かもしれない。その中でも、請求書をなくして電話を止められてじたばたしたりする人は、ごく少数派かもしれない。

ちなみに故障したワープロは、十年前にそこで買った事務機器の販売店に問い合わせてみたところ、修理可能とのことだったので引き取りに来てもらった。いまの時代に、十年使い込んで傷みのきたワープロ専用機を修理して、もう十年でも使う気でいる小説家は、誰に言われるまでもなく少数派に属するだろうなと自分で想像する。それはわかっている。

ほんとの話

一日にだいたい五、六通のメールが携帯電話に届く。そのうち二、三通には返信を書いて相手の携帯電話に送る。それが習慣になっている。もちろん返信とは別に、用事があれば自分からメールを書いて誰かの携帯電話に送信することもある。そこまで含めて習慣化している。習慣化しているくらいだから、それはもうずいぶん長いあいだ続いている。僕個人の感覚で言えば、パソコンでのメールのやりとりよりも古くからあったような気さえする。もしかして歯をみがく習慣と同じくらい長く続いているんじゃないだろうか？　そう言ってみたくなるくらい、携帯電話でのメールのやりとりは日常の中に定着している。

だからたとえば、これはうちの近所でもしばしば出くわす光景だが、携帯電話を片手にへらへら笑いながら歩いて来る人とすれ違っても別段驚いたりはしない。気味悪がって脇へよけたりもしない。たぶんたったいまおかしなメールが届いたんだろうな、と想像して平然とすれ違うことができる。僕自身、道を歩きながらメールを読んでへらへら笑った経験なら何回もある。そういうのはもう日常茶飯事と言っていいだろう。またたとえば、これはさすがにうちの近所でもまだ出くわしたことのない光景だが、仮に、携帯電話を握りしめて声をあげて泣きながら歩いて来る人とすれ違ったとしても、さほど驚いたり気味悪がったりはしないと思う。しない自信がある。たぶんたったいまとても悲しいメールが届いたんだろうな、と想像をかきたてられるだけの話だ。そしてその想像をもとに短編小説でも書くんじゃないだろうか。

あと、これは当然と言えば当然のことだが、メールを受信して笑ったり泣いたりする人の数だけそのメールを送信する側も存在するわけで、うつむいて携帯電話のキーを押しながら(つまりメールを書きながら)道を歩いて来る人とすれ違うのは、いまどき珍しいことでも何でもない。むしろ携帯電話で喋りながら道を歩いている人の数より多いのではないかと思うくらいである。

さて。

それくらいあたりまえの習慣になっているので、普段は何気なく携帯電話を使ってメールを書いているのだが、ある日、ふとしたはずみで意外な発見をして、ほう、と小さく唸ったりもする。普段から使い慣れている歯ブラシの毛先が、よく見るとこんなかたちをしてたのか、と気づく、別に気づかないまま使い続けても支障はないけど、といった程度の発見である。

漢字変換の話だ。

先日メールを書いているとき、本当という漢字を表示させるために「ほんと」と入力して、気がせいていたので「う」を忘れてそのまま変換キーを押してしまった。これがワープロ専用機の場合なら「ほんと」と入力して変換すれば「本と」とか「ホント」と表示されるところだ。が、僕の使っている携帯電話の表示画面には「本当」と出た。不思議に思ってもう一回やってみたが結果は同じである。「ほんと」と入力して変換すると「本当」という漢字になる。もちろん「ほんとう」と入力して変換しても「本当」という漢字になる。

これは基本はきっちり押さえたうえで、おまけとして、話し言葉にも柔軟に対応できる変換システムなのか？　そう思っていろいろ試してみた。

たとえば日常会話で普通に使う「見れる」という表現は文法的には誤りだとされている。正しくは「見られる」だと言う人がいる。で、試しに「みれる」と入力して変換キーを押してみる。すると問題なく「見れる」に変換される。でもこれは、あとでワープロ専用機やパソコンで試してみたところ、いずれも問題なく「見れる」と変換された。正しくは「見られる」だと言ってる人なんかほんとはもうどこにもいないのかもしれない。

次に「女王」という漢字で試してみる。

これは正しく読むなら「じょおう」だろうと思う。国語辞典にも当然「じょおう」で項目が立ててある。でも普通、話し言葉の中では誰もが「じょうおう」と発音しがちである。エリザベスじょうおう、SMのじょうおう、じょうおう陛下の007……何でもいいけど、たぶん僕はそう発音すると思う。で、携帯電話で「じょうおう」と入力して変換キーを押してみる。するとこれが見事に「女王」に変換される。もちろん「じょおう」と入力しても「女王」に変換される。これはやはり話し言葉寄りの柔軟な変換システムを採用しているのかもしれない。

では「体育」という漢字はどうか。

これも正しくは「たいいく」だろうが、普通の人は「たいく」と発音しがちである。好きな科目は何かと聞かれて、「はい、それはたいいくです！」と答える子供はいないと思う。いたらちょっと気色悪いと思う。で、「たいく」と入力して変換キーを押してみる。するとこれは残念なことに「体軀」としか変換されない。「体育」と変換させるためにはやはり「たいいく」と入力しなければならない。

惜しいなあ、どうせ話し言葉寄りの変換を目指すならもっと徹底してやってくれればいいのに、と思いながらこの話を何人かにしてみたところ、自分の携帯電話では「ほんと」と入力しても「本当」には変換されないという人もいて、機種によってばらつきがあることが判明した。中にひとりだけ、「ほんと」が「本当」に変換されることも「たいく」が「体育」には変換されないことも、自分は前に試して知っていたという若い女性がいたのだが、彼女が言うには、いろいろ試してみたうちでいちばん残念に思ったのは、「まじ」と入力して変換キーを押してみたときだった。

そのとき彼女は「まじ」が「本気」という漢字に変換されることを期待していた。そこまで期待するのは過激すぎると思わないでもないが、とにかく本人はまじで期待していたらしい。ところが、実際に変換されたのは「馬路」という漢字だった。

「馬路？ってあたしは思った。正午さんは馬路って知ってる？」

「知らないなあ」

「知らないでしょ？　あたしも知らないからインターネットで調べてみた。高知県に馬路温泉てあるんだけど、それはウマジ温泉て読むらしいのね。島根県に馬路駅っていうのがあって、こっちがマジ。まじでマジ駅と読む」

「ほう」

「だからきっと、携帯でまじって打って馬路って漢字が出るのは、馬路町の人たちにとってはあたりまえのことなのよね」

でもそう思うのと同時に、「まじ」と入力したときせめて「馬路」の次くらいに「本気」と変換される携帯電話があってもいいのに、というのが彼女の意見のようだった。馬路町の人々がどう思うかは知らないけれど、僕もちょっと、そういう携帯電話があれば面白いかなと思う。

ジーパン

彼女はうちにいるときも外出するときもほとんど一年中普段着でまにあわせている。仮に、そんな一行で小説を書き出したとする。なんかつまらない小説になりそうだな、という予感が何よりも先にするけれども、まあそれはいい。ほんとに書き出すわけではない。

たとえばの話である。

するとその一行ではじまる小説の中で、彼女の普段着がどんな服装なのか具体的に説明することになる。普段着といって僕がまず思いつくのはジーパンだし、読者にもたぶん納得してもらえるだろう。だから彼女にはジーパンをはかせることになると思う。

彼女は一年中ジーパンをはいている。

きっとそう書くと思う。

でもそう書くときに僕はジーパンという言葉を使うかジーンズという言葉を使うか迷うことになる。ジーパンもジーンズも同じものだ。同じものだが世間では二つの言葉は微妙に使い分けられている。コップとグラスのように。あるいはズボンとパンツのように。ジーパンと呼ぶ人もいるしジーンズと呼ぶ人もいる。場合によってはジーパンと呼ぶときもあればジーンズと呼ぶときもある、という人もいるだろう。だからその使い分けのニュアンスを押さえておかないと、登場人物のイメージが読者と作者とのあいだでずれてしまう心配がある。

でも、もともと微妙なとしか言えない使い分けなので、この場合は必ずジーパンという言葉を使いこの年齢のこういうライフスタイルの場合はジーンズという言葉を使う、とか明確な線引きができるわけでもない。結局のところ、小説家としてのセンス、書いているときの乗り、もしくは勘、のようなものに従って書き分けるしかない。要するにジーパンと書くときもあるしジーンズと書くときもあるわけだ。

彼女は一年中ジーパンをはいている。

とりあえず今回はそう書くことにする。

そう決めて小説を仕上げ、仕上げたあとで、今後のこともあるし、一応ここではっきりさせておこうという気になる。

いまさらながらの疑問だが、そもそもジーパンという言葉とジーンズという言葉の微妙な違いとは何なのだ？

ジーンズの語源はイタリアの港町ジェノア(もしくはジェノバ、またはジェノヴァ)である、らしい。その港町の名前のフランス語形の英語読みからきているらしい。イタリアの港町の名前のフランス語形の英語読み？　何だそれ、と僕は思ったけれども、とにかく広辞苑にはそう説明してある。どうやら複雑な由来がありそうだと思っただけで通り過ぎることにした。で、ジーンズとはその港町で誕生した細綾織の綿布である。丈夫なので仕事着などに用いられる。色は青が多い。ブルーデニムとも言われる。

ちなみにデニムとは何か？　デニムとは丈夫な綾織の綿布である。つまりジーンズと同じものじゃないのか？　と僕は広辞苑のほかにも何冊か辞典類を読んでみて思った。ただしデニムの語源はフランス南部の町ニームである。serge de Nîmes(ニーム原産のサージ)の de Nîmes の部分の読みからきているらしい。ではサージとは何か？　と疑問を持てば、この手の調べものは果てしなく続くのでそれはもうしない。

本来、ジーンズとは町の名前に由来する丈夫な織り方の綿の布のことである。と同時に現在、その布で作られたズボンないしパンツのことでもある。つまりもともとは生地そのものの名前が、いまはその生地で作られたズボンないしパンツの意味として定着しているわけだ。一方で、ジーパンとはジーンズのパンツという意味の合成語である。ジーンズ・パンツの省略形がジーパンである。要約するとそれぞれ、ジーンズはその発祥の歴史に、ジーパンはその製造の基本に重点を置いたネーミングということになる。なると思う。ただしジーパンにはもう一つ名前の由来がある。あるという説がある。それはGI(ジーアイ)のパンツ、略してジーパンまたはGパンというものだ。ではGIとは何か？という疑問がまた生まれる。でもそれを調べるのはもうやめる。

GIとは何かを調べてここに書き写してみても、ジーパンとジーンズの微妙な使い分けのこつを会得できるわけではない。ここまでで僕が感じているのはこういうことだ。調べれば調べるほどジーパンないしジーンズに詳しくなってゆく。詳しくはなってゆくかもしれないが、依然として両者の使い分けの問題は解決されない。その証拠に、僕はこれからジーパンに関するエピソードを一つ紹介しようと思っているのだが、そう書いているそばから、僕はこれからジーンズに関するエピソードを一つ紹介しようと思っているのだが、と書き直したほうがいいのではないかと迷っている。

僕はだいたい一年中ジーパンをはいて暮らしている。

とりあえずそう書いて話を進めよう。

うちにいるときも外出するときもジーパンをはいている。ある晩、酒場で飲んでいると隣にすわった客が、何かの拍子に僕のベルトが目に入ったらしく、それはいま自分がしてるのと同じだと言った。

その客は僕と同年輩の男で、身なりからすると堅い会社の課長か部長で勤め帰りにどこかに寄ってすでにけっこう飲んで来てるなという感じの酔っぱらいだった。上着を開いて臍のあたりをしきりに指さすので、見てみると、濃いグレイのスラックスに焦茶色のベルトをしめている。ベルトの先にはアルファベットでＥＤＷＩＮと記してあるのが読めた。な、な、同じだろ？と酔っぱらいが言うので、僕も確認のためうつむいて自分のベルトに目をやると同じものだった。仕方なくうなずいてみせると酔っぱらいがひどく喜んだ。

「このベルトがいちばんなんだよ」

と彼は僕にではなく酒場の女性に向かって言った。

「俺もいろんな店を回っていろんなベルトを探してみたけどこのベルトがいちばん

しっくりする。色もこのズボンに合うし、幅もちょうどいい、頑丈だし、まじで、エドウインのベルトにまさるベルトは世界にないんじゃないかなあ」

それから男は僕を見て、な、あんたもそう思うだろ? と同意を求めた。僕は自分の考えを述べるのが面倒くさかったので、その通りだ、と答えた。ほんとはジーパン屋さんでジーパンと一緒についでに買ったベルトなのだ。

すると酒場の女性が笑ってこう言った。

「エドウイン、エドウインてあなたたちは喜んでるけど、その会社の名前の由来を知ってる?」

酔っぱらいの課長は知らなかった。僕も知らない。でもどうせ会社を起こした人の名前か本社のある町の名前だろうと思った。ジーパンやジーンズの語源に詳しくなったあとだったのでなおさらそう思った。ひょっとしたらイタリアのジェノバの隣町の名前かもしれないな。

ところが彼女はこう言った。

「あのね、エドウインのエドは江戸ってことなの。ウインは英語のWIN。つまり江戸が勝つって意味。東京で作ったジーンズが世界のジーンズに勝つ、そういう意味が会社名にこめられているの。だからあなたたちがそのベルトを世界でいちばんだってほめるのは、それは会社の名前通りのベルトだなって言い合ってるようなものよ」

隣の課長はこの話にいたく感銘をうけた模様だった。

「そうだったのか……」と呟いて、あらためて自分のベルトの先端を撫でたりした。まるでそこに世界でいちばんという文字が刻まれているかのように。

嘘だな、と僕は思った。課長に遠慮してその場で口には出さなかったけれど、この話は作り話だなと心の中で思った。

で、その晩うちに帰ってからインターネットで調べてみたところ、会社の歴史を紹介したページがあってそこにこう説明してあった。


東京(江戸)から発信して世界に勝つ(ウイン)ジーンズメーカーになる意味をこめて、江戸勝＝エドウインが誕生。


まじかよ、と僕は思った。

あくまでまじのようである。ＥＤＷＩＮとは漢字で書けば江戸勝という日本の会社なのだ。

これでまた一つ僕はジーパンに関して詳しくなった。いくら詳しくなったところで、今後も小説を書くときにジーパンと書くかジーンズと書くかで迷うことに変わりはないのだが。

ちなみに僕は江戸勝のベルトだけでなくジーパンも愛用している。うちにいるときも外出するときもたいていジーパンをはいて生活している。

サイン

サインといっても誰かが誰かに向けて発する合図、信号という意味ではない。野球の試合とも三角関数とも関係ない。これからするのは作家の自筆の署名、という意味でのサインの話である。

親切な辞典には、この場合のサインは英語では autograph というのだと教えてくれている。でもまあ、英語でどういおうと日本ではどの場合にもサインという言葉を使うので、これからするのはやっぱりサインの話になる。

佐藤正午という作家のサインの話だ。ほかの作家のことは知らない。もちろんほかの作家も佐藤正午のサインのことなど知らないだろう。もっと言えば、読者だって佐藤正午のサインについてはよく知らないと思う。

あたしは知ってる、だって佐藤正午のサイン本を持ってるもん、という人がいたとしても、仮にいたとしてもその人は知ったつもりになっているだけである。その点については断言できる。なぜなら、第一にこの話はまだ誰にもしたことがないので知ってる人がいるわけがない。第二に、実のところ本人にも佐藤正午のサインの全容はつかみきれていないからだ。

サインの全容という表現も変だし、自分で自分のサインのことがよくわからないとぼやくのはもっと変に聞こえるかもしれないが、そのくらい佐藤正午のサインをめぐる話は込み入っている。その話を始めると、それこそ野球のブロックサインや三角関数のサインとコサインみたいに込み入ってくる。くると思う。実を言えばサインの種類だけでも何通りあるのかわからない。腰をすえて、冷静に、緻密にカウントしてみないことには見当もつかない。だからこれまで自分のサインについてわかりやすく要約した文章を書いて発表したことはなかった。書いてみようと試みたことも一度もなかった。

これからそれをやろうと思う。

@

まず僕のサインは一九九二年頃を境に大きく二つに分けられる。

最初の本が出版されたのが一九八四年で、それから約八年間は普通に「佐藤正午」という名前を漢字で書いていた。

その頃の漢字のサインを見たことのある人は少ないと思う。担当の編集者に書いて贈った分を除けば、漢字のサイン本はほとんどこの世に存在しないのではないかとも思う。理由は単純で、ほとんど書いた憶えがないからである。本名の「佐藤」のほうはむかしから書き慣れているのでまだ何とかなるのだが、ペンネームの「正午」という漢字がどうやったってうまく書けない。うまく書けないのが嫌で、たまにサインを求められることがあっても断ったりする。偉そうに、たいして売れてもないくせに恰好つけて、と陰で噂される。されないかもしれないが、されているかもしれないと心配になる。どうにかならないかなと思っていたら、事情を知った友人が、字のうまい下手の目立たない、しかも簡単な一筆書きのサインを考案してくれた。それがいまから十年ほど前のことだ。

以来、僕はサインに関して積極的な人生を送るようになった。サインを求められる機会は、むかしもいまもめったにないという点で同じだが、でもそのめったにない機会をこの十年間は逃したことがない。おかげで人柄の評判もあがる。嫌な顔一つしないでサインしてくれた、佐藤さんて腰が低くていい人ね、と噂される。されないかもしれないが、されているかもしれないと想像する余地くらいは残る。

それもこれも一筆書きのサインを考案してくれた友人のおかげである。いくら感謝してもしたりない、と思って、いつだったか新刊にサインして贈呈したところ、友人はそれを開いて見るなり眉をひそめて、

「何これ?」

「サインだよ、佐藤正午の。きみが考案してくれた」

「ああ」

「ああって、何だよ。どういう意味だよ」

「まじでこれをサインとして使うつもり? あたしにだけじゃなくてほかの人にも、みんなにこれを書くつもり?」

「もう使ってるよ」

「嘘みたい」

ということだった。

この会話のニュアンスを汲み取ってもらうためには、実際にそのサインを見てもらうしかないだろう。

簡単に説明しておくと「正午」という漢字をくずして一筆書きにして、それと佐藤のイニシャルの「S」を組み合わせたものだ。彼女が考案してくれたサインには横書きと縦書きと二つのバージョンがあって、そのうち縦書きのほうが佐藤正午のホームページで(もし実際に御覧になりたければ)見ることができる。

さて。

友人が考案してくれた横書きと縦書きのサインを書き分けているうちに時が経ち、ある日、僕はこの一筆書きのサインにはもう二種類、書き分けの可能性が秘められていることに気づいた。左上から右下へ向かって書き下ろすバージョンと、右上から左下へ向かって書き下ろすバージョン、すなわち二つの斜め書きである。僕は自分であみだしたその二つを公式なサインとして採用することに決めた。こうして佐藤正午のサインはこの時点で五種類が存在することになった。横と、縦と、斜め二つと、それから以前書いていた数少ない漢字のサイン。そこまではまだよかった。

昨年の話だ。

確定申告に税務署まで出かけた帰りに、食事をしに寄った店でサインをした。顔見知りのマスターが古い本を持ち出してきて、よかったらこれにお願いしますというので、縦横斜めのどれがいい？と聞くと、どれでもいいですと答えるので、はりあいがないな、と思いつつ縦書きにした。それを見てマスターがこう言った。

「正午さん、これなら僕でも書けますね」

「うん、誰でも書ける」僕は認めた。「正月に姪っ子に書かせてみたら僕よりうまく書けた」

「区別するために印鑑を押したほうがよくないですか」

「印鑑か、そうか、なるほどなあ」

「そうすると作家のサインらしくなりますよ」

で、試しにその場でサインの横に押してみた。確定申告の帰りなので持っていた実印を押してみた。楕円の中に佐藤という漢字の入った印鑑である。こうして縦書きサインに実印付きのサイン本が実在することになり、ほかにも可能性として、それぞれのバージョンに実印という組み合わせの種類が誕生することになった。

それだけでは終わらない。

そういつもいつも実印をサインに添えるわけにはいかないだろうし、専用の印鑑を作ろうと決めて訪ねた先で、店の人に、文字が赤く出る朱文の印鑑と、文字が白く出る白文の印鑑とどっちにしますか？　と聞かれた。考えた末に両方作ってもらうことにしたので、それで可能性として、サインのそれぞれのバージョンに実印と、朱文と、白文の組み合わせが存在することになった。で、これでもう落ち着いたかなと思っていたら、昨年の誕生日にある人が、旅先で「正午」という文字の珍しい印鑑を見つけたといってプレゼントしてくれた。せっかく貰ったのでその印鑑も使わない手はない。

そこへ例のマスターから、自分はまだ専用の印鑑を見たことがない、持っているのは実印の押してあるサイン本だけだとクレームがついたので、朱文と白文とプレゼントの印鑑と三つ持って店まで出向き、サインはどれで印鑑はどれにする？ と質問すると、サインは自分でも書けるからまあいいけど印鑑は、そうですねえ、せっかくだから全部押してみて下さいという。全部は見苦しいかと思って、試しに朱文と白文の二つを並べて押してみた。するとマスターはこう言った。

「いいじゃないですか、正午さん。二つ横に並べてもこの印鑑はいけますよ。一つずつ単独で押したのも悪くはないけど。待てよ、二つ縦に並べて押してみたらどうかな……」

そういうわけである。

サインのそれぞれのバージョンにつき、まず印鑑なしがあり、実印押しがあり、朱文押しがあり、白文押しがあり、印鑑二つ横押しがあり、印鑑二つ縦押しもあり、おそらく印鑑三つ押しというのも近い将来誕生するだろう。

最後に断っておくと、これはサインの話であると同時に、行き過ぎの話でもある。行き過ぎではあるけれども、可能性として佐藤正午のサインは数限りなく存在するし、また現に印鑑二つ押しのサイン本までは存在するので、もうここから後戻りはできないという話でもある。

苦手

絵を一枚、額に入れて壁にかけてある。

青と、黒と、黄と、黄緑と、ピンクと、緑と、オレンジと、赤と、茶と、白と、紫の計十一色でその絵は描かれている。

にぎやかな絵だ。統一性のない絵だと言うべきかもしれない。画用紙に適当に四角や円や三角の図形を描き、それをまた適当に十一の色を使って塗りつぶしたという印象がある。

でもよく見ると、適当に配置して適当に塗りわけた図形にかぶせて飛行機が一機、描いてあるのがわかる。その飛行機は画面のほぼ中央を右から左へ向かって飛んでいる。奇妙な飛行機だ。機首が黒、胴体と両主翼がオレンジ、尾翼の部分は茶色で、し

かも主翼は左右ともに先端が折れて三分の二の長さしか残っていない。残った翼には
どちらにも日の丸のマークが付いている。たぶん日本国籍の飛行機なのだろう。
この日の丸つきの飛行機に気づけば、これが子供の絵であることはすぐにわかる。
そうでなくてもこれはクレヨン画なので、最初から落ち着いてじっくり向かい合えば、
どこからどう見ても子供の描いたものであることは明らかである。
ところが人は、他人の家の壁にかけてある一枚の絵を、最初から落ち着いてじっと
見つめたりはしない。絵を見る目的で美術館に入ったのならともかく、別の用事で訪
れた小説家の部屋で、何かの拍子に目にとまった壁の絵が、それも堂々と額に入れて
飾ってある絵が幼い子供の描いたものとは思いもかけない。
で、中には、僕の部屋で話していて何かの拍子に壁の絵に気づいて、ちらっと見た
だけの第一印象から不注意な発言をした人もいる。例をあげると、ある人は壁のほう
を指差して、
「いい絵ですねえ。あれは誰の作品？」
と言った。誰の作品？という言葉づかいには、あなたや私の知り合いの誰かが趣
味で描いたんだろうけど、それは誰？というよりもむしろ、ピカソやマチスではな
いにしてもそこそこ有名な画家の作品なんでしょうね、それは誰？という意味合い

になった。

がやや強く感じ取れたので、質問されたほうが何となくばつの悪い思いを味わうこと

「僕の作品です。五歳のとき、幼稚園で描いた飛行機の絵」

とそのときは正直に答えたのだが、すると相手は僕よりももっとばつの悪い思いを味わったに違いなく、いきなり壁のほうへ立って行くと、鼻先をくっつけるようにして幼稚園児の絵を鑑賞して、

「いや、でも、いい絵だと思うよ。これだけの色を使いわける子供の絵というのは珍しいのじゃないかな。何より色彩感覚がね、独特だよね。才能を感じるね。絵を続ければよかったのに」

となりゆきで(おそらくあとに引けなくなったのだろう)絶賛してくれた。気の毒で仕方なかった。

二十世紀の終わりがけに、母方の祖母が亡くなったとき、遺品整理というか形見分けというかその種の作業の途中でこの絵は発見された。

「こうやって、ほら、ばあちゃんが大事に取っておいてくれたんだから、あんた持ってゆきなさい」

と発見者である母に押しつけられ、裏を見ると確かに名前と幼稚園名と年月日まで

が祖母の手で記録してあるので僕の絵にまちがいなく、有り難く持ち帰ってはみたのだが、もともと絵のコレクションの趣味などないし、一枚の絵をどこにどうやって保管すればいいのかわからない。その頃たまたま知り合いのカメラマンから、佐世保の九十九島の夕日の写真を(わざわざ)額に入れてプレゼントされたのが壁にかけてあり、もともとどんな写真であろうと壁にかけて眺める趣味などないのだし、持ち帰った絵とその額のサイズを合わせてみるとぴったりだったから、ちょうどいいと思って夕日の写真の上に絵をかさねて額をかけ直した。別に順番は逆でも、つまり夕日の写真の下に絵を置いてもいまならかまわない気もするのだが、そのときはやはり、二十世紀中頃に自分の手で描いてそれきり忘れてしまっていた絵に対して感慨のようなものを憶えたのだろう。

それ以来、額入りの絵は壁にかけてある。

知り合いのカメラマンがうちに遊びに来るようなときには、いまから行くと電話がかかったらすぐに壁から額を取り外して絵と写真の順番を入れ替えて、といった心構えも当時はあったと思うけれど、結局その必要もなく、一度も手をつけないまま額入りの絵は壁にかかっている。まあもともと訪問客の少ない部屋なのだ。でも一年中誰もやって来ないというわけでもないし、たまに来た客が何かの拍子に壁の絵に気づい

て「誰の作品ですか？」と不用意な質問をする程度なら、互いに多少ばつの悪い思いをするだけで済むわけだが、たとえば、

「あれは誰の作品ですか？　ああ、待って下さい、見たことがあるような気がする、当てさせて下さい、あの色使いは独特ですよね、確かに見たことがある、ええと誰だ、いや言わないで下さい、画家の名前が喉まで出かかってるんです」

というような不用意も極まる発言をする人がいたら、いままではいなかったが万が一今後いたとしたら、いったい僕はどのような応対をすればいいのか？　そういった不安を取り除くためにもそろそろ絵と写真を入れ替えたほうが無難かなとも思ったりする。

さて。

ここからが今回のタイトルである「苦手」の話になる。

子供の頃に描いた絵を額に入れて壁に飾り、その絵がプロの画家の作品とまちがわれることを心配するくらいだから、僕にはよほど絵心があるように思われるかもしれないし、そう思われるなら思われるままにしておきたい気もするのだが、実のところ、僕には絵心というほどのものはない。ないと思い知らされたことが一度ある。

あるとき、なじみの酒場で静かに飲んでいたら、目の前にメモ用紙とボールペンが

置かれた。暇なのでゲームでもやろうと店のママが言う。どんなゲームかと訊ねると、決められたテーマでただ絵を描けばいいそうだ。楽勝だな、と思って参加することにした。まず何を描くか正午さんがテーマを決めてというので、カステラ、と答えるとブーイングが起こった。カステラの絵じゃ優劣のつけようがない。じゃあドラえもんにしようとママが提案した。ドラえもん？ と思いながらも記憶をたどってさらさらっと描いてみた。

参加者全員の描いたドラえもんの絵がカウンターの上に並べられた。そのうちいちばん下手くそだと思う絵をおのおの指差そうということになった。指差された数の多い人が最下位で罰ゲームである。せーの掛け声で僕を除く全員が僕のドラえもんを指差した。

それからゲームはしばらく中断し、その後再開されることはなかった。中断した理由は、ほかの参加者たちが僕の絵を見て手で腹を押さえてうずくまったり涙を流したりしながら笑い転げたからである。どうも僕の描いたドラえもんは藤子不二雄のドラえもんではなく、しいて言えば何かと何かを掛け合わせた新種の生き物のように見えるらしかった。再開されなかった理由は、みんなの笑いがあまりに長く長く続くので、この先ゲームを続行した場合の展開を想像してみて僕じしん末恐ろしくなったからである。

その夜、帰宅して、壁の額入りの絵を眺めながらこう思った。

この絵に描かれている奇妙な飛行機の、奇抜な色使いについてはひとまず置くとして、両翼が折れているように見えるのは、実はそうではないのかもしれない。この飛行機の翼はこのかたちで(描いた子供にとっては)正常なのかもしれない。いま中年の僕がドラえもんを似ても似つかない生き物としてしか描けないように、四十年前の子供の僕は飛行機の翼を先端が折れたようなかたちにしか描けなかったのかもしれない。

もちろん四十年前のことは憶えていない。この絵を自分が描いたという実感などないし、たとえばクレヨンの箱のデザインとか幼稚園の制服とか隣の席の女の子の顔とか……何でもいいけどこの絵につながるおぼろげな記憶すらよみがえらない。だから奇妙な飛行機の謎は謎のまま今後も残り続けるというのが正確なのだが、それでもひょっとしたら、謎を解く鍵は単に絵を描く技術もしくはセンスにあるのかもしれない、とも思う。

要するにこの絵は、四十年前もいまと同じように僕が絵の苦手だったことの動かぬ証拠になるのではないか？　そう疑えば充分疑えるわけである。

人嫌い

人に会うと不幸になる。

という一行を含むエッセイをむかし書いたことがある。

むかしといってもそのとき僕はもう四十歳だったので、それなりに人との出会いの経験も積んでいて、その経験をもとにこの人生の哲学というか格言というか標語みたいなものは生まれた。

つまりこれは誰かが喋ったり書いたりしたことの受け売りではない。四十歳の僕が自分で出した結論である。他人とつきあうことで大小さまざまなトラブルに巻き込まれるのはそろそろ願い下げにしたい、独りでいるのが気楽でいい、それがいちばんいい、独りでいてもぜんぜんさびしくないし、という中年にさしかかった男の(強がりの気配がいくらかは感じられるにしても)ほぼ本音である。

そのエッセイが収録された本が昨年出版された。なにしろ分厚い本にできあがったので、一本のエッセイの、しかもたった一行の文句など森の中の木のように見過ごされてしまうだろう。それでいい、できればそうあってほしい、特に、個人的につきあいのある誰彼にはざっと読み飛ばしてほしいという希望と、たとえ分厚い本の中のたった一行であろうと見逃さずに読んでほしい、見知らぬ読者には作者のほぼ本音を読み取ってほしいという期待とが、出版当時には同時にあった。幸いなことに、希望はかなえられ、期待に応えてくれた読者もいた。

まず個人的につきあいのある友人知人からは、たとえば、

「なんだ？　おい、人に会うと不幸になるって、俺になんか不満でもあるのか？　あるならじかに言えよ、エッセイなんかに書かずに。ほら、この場ではっきり言ってみろ」

とか、またたとえば、

「そう、そうなの、あなたはずっと不幸だったわけね？　悪かったわね、あたしのせいで不幸にさせて。ううん、もういい、言い訳はいいから、とにかく二度と電話してこないでね。携帯のメールもやめてね」

とかいったクレームは一つもなかった。

たぶんざっと読み飛ばしてくれたのだろう。あるいは僕の身近にいる人々は僕のエッセイ集になど関心がないのかもしれない。それとも「人に会うと不幸になる」という文句の中の「人」が自分のことだとは誰も思わなかったのかもしれない。いずれに

しても幸いなことである。

一方、見知らぬ読者からは、分厚い本の中のたった一行に敏感に反応したメールが二通届いた。二通とも問題の一行に賛成するメールだった。私もその通りだと思う、人に会えば会うほど不幸が増える、人は独りでいるときだけ平穏でいられる、でも会社での人づきあいもあるし友達づきあいもある、ゆえに心の平穏を保つには骨が折れる、どちらも要約すればそんな内容だった。

差出人のひとりは、文面から察するに僕と同世代の女性のようだったが、もうひとりは二十代の女性だった。彼女はこうも書いていた。私は自分が人の言葉やふるまいで傷つけられることと同じくらいに、自分が人を傷つけてしまうことが嫌だ。嫌で嫌で仕方がない。毎日、人と会うたびに私は自分の失言を悔やんでいる。人と会って疲れて帰宅して、独りになってから、どうしてあんな辛い言葉をかけてしまったのだろう、自分はなんてデリカシーのない人間なんだろうと激しく後悔する。まるで後悔するために人と会っているみたいに毎日後悔する。だから本当はもう人前に出たくない。でも朝が来ると出勤する。出勤して人と会って傷ついたり人を傷つけたりして疲れて帰宅する。そして後悔する。毎日がその繰り返しで、私は人生を無駄なことに費やしているような気がする。

失言や後悔の具体的な内容が書かれていないので想像するしかないのだが、それにしても、まだ二十代の若さで「人に会うと不幸になる」という標語に賛成するくらいだから、よほどの事情があるのではないかと思う。人づきあいを上手にこなして、まばたきすればもう朝だというふうに毎晩ぐっすり眠れて、後悔のない人生を送っている人には理解しがたいかもしれない。でも僕には少しわかる。僕だってこんな愛想のない標語にたどり着くまでには(様々な)よほどの事情があったわけだし(いちいちここには書けないけれども)後悔の数だけ眠れない夜も過ごした。だから彼女のことが具体的にはわからなくても、少なくとも僕の標語に賛成する人の気持は自分自身の経験と照らし合わせて理解できる。

さて。

人に会うと不幸になる。

この標語は、自分で作っておいてこんなことを言うのも何だが、読者から賛同のメールを二通いただいて以来、常に頭の隅にある。自作の標語には作成者としてある程度責任を持たなければならないとも思う。

責任を持つとは、不幸にならないためにもう絶対に誰にも会わないという意味ではなく、もちろんそんなことは無理なので今後も(しぶしぶ)いろんな人に会い続けるだろうが、その機会を自作の標語の検証に役立てよう、どのくらいの確率で人は人に会うと不幸になるのか、検証を怠らないその姿勢だけは忘れないようにしよう、というくらいの意味である。

最近はそういう積極的な姿勢で暮らしているので、別に人に会っていないときでも、関連する情報は決して見逃さない。たとえば先日、ある小説を読んでいたら、主人公が精神科医を訪ねて、近頃あまり眠れないと訴える場面があった。医者はこうアドバイスする。

読書をして、映画を見なさい。充分休養をとったら散歩をしなさい。飲みたくなったら、ときどき一、二杯ならよろしいが飲み過ぎはいかん。友人は作らんこと。

これは実は四十年以上もむかしに書かれた『交換殺人』(フレドリック・ブラウン、創元推理文庫)という小説の一節である。しかもこの場面で主人公は仮病を使っているし、目の前の医者のことをヤブ医者だと思っている。当然ながら、古い小説の中の、ヤブ医者のアドバイスをまるごと二〇〇二年の日本の現実にあてはめるわけにはゆかない。ゆかないけれども、でも検証の参考資料くらいにはなりそうな気がする。ここにも僕の標語に似通った立場の人がいる。夜ぐっすり眠るためには「友人は作らんこと」とアドバイスする医者がいる。もしくは医者にそう言わせる作家がいる。彼らの考え方の基本は「人に会うと不幸になる」という標語とほとんど同じである。まったく同じであるようにすら僕には思える。もしふたりに僕の例のエッセイを読む機会があれば、きっと、私もそう思う、きみは正しい標語を作ったと応援のメールを送ってくれるだろう。で、この参考資料から推察するに、僕らと同じ考えの持ち主は時代を問わず、世界中のそこかしこに少なからず存在するのではないか? という点を、この場を借りて、僕にメールをくれたふたりの読者にひとまず報告しておきたい。

最後に今回のタイトル「人嫌い」について少し付け加えておくと、僕はこの言葉を十五年くらい前に『ビコーズ』という小説の中で一度使った。それを読んでくれた当時二十代前半の女性から、

「佐藤さん、人嫌いって言葉はほんとに日本語にあるんですか?」

と愛くるしい表情で訊ねられた記憶がある。

ああそうか、この人の辞書には「人嫌い」なんて言葉はないんだな、と意表を突かれる思いだった。きっと人づきあいも器用に、というか自然にうまくこなして後悔のない人生を送っている人なんだろうな。

それから十五年経って、いまでも彼女の辞書にその言葉が載っていなければいいなと思う。皮肉でなくそう思う。そういう人もいて当然である。でも残念ながら日本語の辞書には「人嫌い」の項目はある。他人とのつきあいを嫌がり、独りでいるのを好む人、といった意味の説明がされている。念のため。

合鍵

ついこないだ、顔見知りの年下の男と道でばったり会って、立ち話をしているうちに流れで、というかちょっとした気まぐれで彼のマンションに寄ることになった。深夜十二時頃だった。

ばったり会ったとき、彼は青いビデオケースを小脇にかかえていた。僕のほうは白いビニールの買物袋をぶらさげていた。何やってるんですか、こんな時間に、と彼が訊ねるので、見た通りだよ、と僕は答えた。スーパーマーケットに食料品の買い出しに行って来たのだ。

こっちはＴＳＵＴＡＹＡの帰りなんですよ、と彼が言った。

「それは見ればわかるけどさ」

「ひとりで退屈だからビデオでも見ようと思って。『あの頃ペニー・レインと』ってタイトルの映画ですけどね」

「ああ、それならだいぶ前に見た」

「ゴールディー・ホーンの娘が出てるんですよね」

「そうなの？」

「そうらしいですよ。知らずに見たんですか？」

「ぜんぜん知らなかった」

「もう一回見てみます？」

「うん？」

「うちはすぐそこのマンションなんですよ。あしたは会社休みだし、遅くなっても僕はぜんぜんかまいませんけど、よかったらもう一回ざっと見てみますか？　うちで一緒に」

「じゃあ、僕が夜食に茄子とミートソースのスパゲティでも作ろうか」

「飯はさっき食ったばかりなんですよね。その袋はスパゲティの材料なんですか」

「うん」

「スパゲティにしては量が多いですね」

「あしたのカレーの材料も入ってる」

だいたいそんな流れだった。

で、ここからが合鍵の話になる。

マンションに着いて、彼のあとから玄関に入り、靴を脱ぐ前にドアの鍵を(自分の部屋と似たような作りなのでつい習慣で)内側からおろそうとすると、あ、いいですそのままで、と声がかかった。それを聞いて僕は、時間が時間だしドアの鍵くらいかけといたほうがよくはないか? とちらりと思った。続いて、でもこれが逆の立場なら、つまり僕がこの部屋の住人で彼が客なら、やはり時間が時間だし同じ台詞を口にしたかもしれないな、とも思った。鍵までかけられると、なんか長居されそうだしな。本気でスパゲティとか作り出されたらかなわないしな。

ちらりと思ったことが僕の表情に出て、それを彼は気にしたのかもしれない。あるいはそうではなくて、ただ話の流れとして、ドアの鍵はそのままでと言ったからにはその理由を説明するのが自然だと思ったのかもしれない。そのあとコーヒーを入れる準備をしながら彼はこんな話をした。

「実はこの部屋の鍵を持っている人間は僕以外にあと四人います。合鍵を持っている人間が四人という意味ですが、その人たちがここへ来る気になれば、いつでも玄関のドアは開くわけです。だからその人たちがいる限り、内側から鍵をかけるということにはあまり意味がないんですよ。かけても無駄でしょ？」

僕は彼が出してくれたコーヒーを飲んで、その味を礼儀としてほめてからこう言った。

「合鍵を持っている人間というのは女性？」

「ええ」

「四人とも女性」

「ええ」

「きみは四人の女とつきあってるのか？」

「いや、いまは誰ともつきあってません。ピーナツ大福がありますけど食べますか？」

よくわからない。

合鍵を持っている女が四人いて、しかもその誰ともつきあっていないということの意味がわからない。ピーナツ大福というのが何なのかもわからない。ちなみにピーナツ大福とは、あんこの代わりにピーナツバターの入った大福のことだった。近所の和菓子屋さんの春の新作だそうである。好奇心から一個食べてみたら意外といけた。でもそんなことはどうでもいい。

ビデオをざっと見直しながら質問を向けてみると、合鍵を持っている四人の女と彼は以前つきあっていたという事実が判明した。同時にではなく、一人ひとり順番につきあい、そして一人ひとり順番に別れた。ところが、彼女たちは、つきあっているときに彼が渡した合鍵を、別れるときに返してはくれなかった。四人ともそれぞれの理由で返してくれなかった。

「それぞれの理由って?」

「別れ話のとき、今日は持ってきてないから今度会ったときに返すと言われてそれきり音沙汰がないとか、お互いに合鍵の話には触れないまま別れ話をしてそのままうやむやになったとか、あと、単純に返したくないとか、キーホルダーからはずれないから返せないとか」

その答えを聞いて僕は深いため息をついてタバコに火をつけた。彼がリモコンに手をのばしてビデオの停止ボタンを押して灰皿を用意した。

「キーホルダーからはずれない?」と僕は聞き返した。

「そうなんです」と彼は答えた。「どうしてもはずれないと言うんで、その場で僕も試してみたんですけどね、輪っかの締めがきつくて、指ではずすのはほんとに無理だったんです。今度ペンチではずして持ってくるね、とか彼女が言って、別れて、結局そのままになってますね」

「それはさ」僕は言ってみた。「結局別れてはいないということじゃないの？」

「そんなことないんですよ。別れ話はきちんとして別れたんです。それ以来彼女とは一度も会ってないんですから。ほかの三人の場合も同じですね。こじれたケースはあるにしても、別れるのは本当に別れました。ただ、どの場合も合鍵は戻ってきていない」

「それで、本当に別れたのにドアの鍵をかけるのはあまり意味がない、彼女たちの誰かが突然訪ねてくるかもしれないから、といまだに思ってるわけ？」

「まあ半分はジョークですけどね。ときどき、自分でドアの鍵をかけながら馬鹿馬鹿しくなることがあるんですよ、この街に合鍵を持った人間が四人もいるのに、いまさら戸締まりしたってしかたないだろって。だから冗談まじりに、そんなふうに言ってみたくもなるんです」

「でも半分くらいは、彼女たちが突然訪ねてくることを期待してるわけだろ」

「そうでしょうか」

「そうじゃなかったら、鍵は開けっぱなしじゃなくて、逆にドアチェーンでもかけるんじゃないか？」

「なるほど」

「あのさ」僕は再びため息をついた。「何だか、きみの恋愛観は独特だな」

「独特ですかね」

「独特ですかねって、だいいち、別れるとき返し忘れた合鍵をいまでも彼女たちが大事に持ってると思う？」

「思いますよ。大事にかどうかは別として、ごく普通に、いまでもキーホルダーに付けて持ち歩いてるんじゃないですかね」

「ほう」

「そういうのもありだと思うんです。ある日ふっと思い出すかもしれないでしょ？退屈しのぎにでもキーホルダーをいじってて、そういえばこれはあいつの部屋の合鍵だった、いまから訪ねて行って驚かしてやろうかって気まぐれを起こす、そんな可能性もないわけじゃない、と考えてみたりするんですけど、おかしいですか？」

　おかしいと僕は思う。

　思うけれど、正直なところ絶対あり得ないとも断言できない。そもそも、つきあっている相手に自分の部屋の合鍵を渡すということ、それ自体が僕にはよく呑みこめない。なぜなら僕は一年中毎日まいにち自分の部屋にいて仕事をしているからだ。相手が訪ねて来れば、僕は必ず自分の部屋にいるからだ。誰かに合鍵を渡す必要などないし、現にこれまで渡したことはなかった。なかったと思う。

だからよくよく考えてみると、合鍵の問題に関して、僕にはあれこれ意見する資格がないのかもしれない。その夜、彼のマンションをあとにして、スーパーの買物袋をぶらさげて自宅まで歩きながら、そんなふうに謙虚に僕は考え直した。ひょっとして、別れた相手の部屋の合鍵をいつまでもキーホルダーに付けている、という状況はありなのかもしれない。たとえばむかしつきあっていた恋人の手紙を捨てずに取っておくように。あるいは携帯電話に登録した番号を消去しないまま残しておくように。そういう女、女に限らず男は僕が知らないだけで現にいるのかもしれない。

今後、キーホルダーにやたらとじゃらじゃら鍵を付けている人物を目にしたら、機会を逃さず訊ねてみようと思う。その鍵の中に別れた恋人の部屋のものは混じっているのかいないのか。混じっているとすれば、退屈しのぎの気まぐれにしろ何にしろ、それをいつかもう一度使う可能性はあるのかないのか、その点もあわせて質問してみようと思う。

小銭

散歩の途中に公園のベンチで開いた新聞の占いの欄が目にとまって、自分の生まれ月を見ると「八月生まれの人——書店に立ち寄ると開運につながる書物発見！」とあった。

それでまっすぐ帰るのが惜しくなり、書店に寄って一冊では開運につながるかどうか心もとないので書物を三冊買った。買ったところで、携帯電話にメールが入り「半袖のシャツが入荷しました。ついでのときにでも覗いてみてください」とのことだった。メールをくれたのは若い知り合いで、その店は書店からそれほど遠くないので、ついでのときとはこういうことなんだろうと思い、そっちへ回ることにした。

十分ほど歩いて着いてみると、先客がひとりいて、ちょうどレジで支払いをしているところだった。三坪かせいぜい四坪ほどの狭い店なので入口に立っていてもレジのやりとりは耳に届く。あ、五円あります、と若い男性客は言い、財布から一円玉を五枚取り出してカウンターのトレイの上に置いた。知り合いの若い女性がそれをつまみあげて無事に支払いが完了した模様だった。コンビニじゃあるまいし、洋服を売ってる店でなんで五円なんて端数が出るんだ？　と僕は思った。

客が帰ったあと、その疑問を口にすると明快な答が返ってきた。

「三千七百円のTシャツを一枚買ったら、消費税が五パーセントで百八十五円だから、合計の金額は三千八百八十五円になるでしょ？」

「なるほど。ただその場合ね、四千円から払って、百十五円おつりを貰うのが普通じゃないの？」

「普通って？」

「さっきの人みたいに財布から一円玉を出して払う客は珍しくない？」

「そんなことないですよ。小銭で払う人だってぜんぜん珍しくないですよ」

「若い人はそうなのかな」

「若いとか若くないとか関係ないと思いますけど。小銭を使ったほうが、お客さんにとっても店にとっても都合がいいんですよ。持ってる小銭をそのつど使うようにしないと財布がふくらんでしょうがないでしょ？　店側だってつり銭を用意するのは面倒なわけだし。だいいち、正午さんは知らないかもしれないけど、いま銀行に両替に行くとお金を取られるんですよ。たとえばつり銭がなくて一万円を銀行に持って行くでしょ、そしたら、くずしてくれるのはくれるけど手数料を引かれちゃうんです」

「へえ」

「ね？　知らなかったでしょ」

「そうするとさ」僕はちょっと思い出したことがあったので、独自の考えを述べてみた。「百十五円のおつりを貰うよりも、むしろ小銭できっちり支払うのがいまは一般的な方法なんだ、と言えるのかもしれないね。その考えをもう一歩進めると、現代ではもう、おつりを小銭で渡したり受け取ったりする習慣じたいが失くなりつつある、と言えるのかもしれないね」

「そんな大げさな話にはならないと思うけど」

「でも、小銭のおつりが出ないような支払い方、というのが客にとっても店側にとっても都合がいいのなら、自然と、小銭のおつりが出る支払い方はすたれてゆくんじゃないかな」

「すたれるというのは大げさだと思う」

「減少する傾向にある、ではどう？」

「どうかなあ」と若い知り合いは首をひねった。

でも今回は、とりあえず、おつりを小銭で渡す習慣、あるいは買物の際のおつりに限らず人と人が小銭を手から手へやり取りする習慣はすたれつつある、という方向で話を進めたいと思う。

@

先日、人に誘われてある店で昼ご飯を食べた。その人には前におごってもらった記憶があったので、その日のぶんは僕が持つことにしてレジで二千円から支払った。おつりが何百何十円かあったと思う。それを受け取るためにごく普通に片手を差し出した。すると予想外のことが起こった。

レジに立った二十代なかばの女性は、つり銭をつまんだほうの手を僕のてのひらと合わせるようにしながら、同時に、もう一方の手を下から僕の手を支えるように添えた。この説明ではひょっとしたらわかりづらいかもしれない。わかりづらい説明をここで僕がしなければならないのは、もしくはわかりづらい説明しかここで僕ができないのは、おそらく、これがそもそも「小銭の手渡し方」としか表現できない基本の動作であるからだと思う。たとえば握手の仕方とか、指きりげんまんの仕方とかを説明するようなものなのだ。わかる人にはわかる。要するにおつりを受け取るために差し出した僕の手は、レジ係の女性の両手で上と下から包みこまれるようなかたちになったわけである。

これが基本だな、と僕は咄嗟に感じた。

これがまっとうな小銭の渡し方だな、とそのときは思った。いま思えば、そういう渡し方をされた瞬間に僕はまず懐かしさを感じたと思う。大事なお金を落とさないように、てのひらからこぼしてまきちらさないようにと大人が幼い子供に手渡すようなやり方をされて、僕自身が幼い子供だった頃の記憶を刺激されたのだと思う。それから次に、そのやり方が、いまここで、客とレジ係とのあいだに採用されていることに虚をつかれて、新鮮な驚きを感じた。

僕はびっくりして、店を出たあとで一緒にいた人に訊ねた。いまの店ではどの従業員もが常にあのような丁寧なつり銭の渡し方をするのだろうか？　あれは店側が接客心得の一環としてレジ係を教育しているのだろうか？　さあ、どうだったかなあ、よく憶えてないなあ、とその人は答えた。頼りにならない人だな、と少し不機嫌になって僕は言った。じゃあさっきのおつりの渡し方は普通だと思いますか？　いや、思わないな、と彼は答えた。

もちろん普通であるわけがない。

「普通はさ、レジの人はこっちが手を出すと、その手の上に小銭を落とすようにして渡すよね、てのひらに押しつけるように渡す人もいるな。どっちにしても手と手がさわるのをさけるのが普通だ」

「そうでしょう?」僕は少し機嫌を直した。「だいたい僕の観察では、僕の観察というのは近所のコンビニとほか弁屋さんの話ですけどね、客のほうだって代金を払うときにカウンターにじかに置いたりしますよ、小銭でもお札でも。それをレジの人が取って、おつりを渡すときはカウンターに用意されたトレイの上に置く、それを客が取る、そういう流れが普通ですね。手と手が触れるとかは一切ないです。だからさっきのおつりの渡し方は余計めだつんですよ。普通じゃあり得ないと思う。だって彼女は両手で僕の手に触れたんですから」

「よかったじゃない、若い人に手をさわられて」

「いや、そういうことじゃなくて」

「可愛い子だったしね」

この一言で僕は非常に不機嫌になって、もうこの人とこれ以上この話題について喋るのはやめようと決めた。

それでそのときはそこまでになり、別れたあと僕がひとりで出した結論は、あの若い人の普通ではあり得ないおつりの渡し方について、二通りの可能性が考えられるということだった。

一、手と手が触れ合うおつりの渡し方を店側が奨励している。つまり彼女だけではなくレジに立つ従業員全員がそうしなさいと教育されている。二、手と手が触れ合うおつりの渡し方を彼女は自然に身につけている。つまり子供の頃から人にものを手渡すときはこうしなさいと厳しくしつけられている。

で、真実は一か二か、できれば突き止めたいという気持と、突き止めるためにはもう一回あの店に出向いて昼ご飯を食べなければならず、そこまでして突き止めるほどの真実か？という気持とのあいだで揺れ動いていた矢先のことである。僕は散歩に出て、新聞の占いを読み、書店で開運につながる書物を求め、半袖シャツ入荷のメールを受信し、知り合いの店に寄った。そしてそこでとりあえず、おつりを小銭で渡す習慣、あるいは人と人が小銭を手から手へやりとりする習慣はもはやすたれつつある、という命題にたどり着いた。

すると見方が変わる。

例の店の若い人のつり銭の渡し方について、考え得る可能性がもう一つ増える。彼女はただ単に、小銭を人に手渡すという行為に慣れていなかったのではないだろうか？

小銭できっかり支払う客が珍しくなく、おつりのない（あっても紙幣のみの）やりとりが増えているとすれば、彼女がつり銭に触れる機会もおのずと少なかったはずだ。もしかしたら最近はほとんど触ったことがなかったのかもしれない。ところがそこへ僕が登場し、二千円から支払い、おつりを要求する。しかもおつりを受け取るために手まで差し出す。立場上、差し出された手を無視するわけにもゆかない。つり銭をトレイに置くつもりでいた彼女はあわててしまう。ちょっとしたパニックが彼女を襲う。そこで考え得る可能性。

三、手と手が触れ合うおつりの渡し方は、あれはちょっとしたパニックがもたらした偶然である。火事場の馬鹿力みたいなものである。つまり、自分の手から他人の手に小銭を渡した経験がないので、どうやったらいいのか彼女には見当もつかない。知らない男の手にさわるのは嫌だ、でも雑にやって小銭を床にばらまかれるのも困る、というので幾分やけくそで、差し出した僕の手を包みこむようにしてしっかりと渡した。それがまっとうな、理にかなった小銭の渡し方とそっくりで、小銭の渡し方の基本形のように僕に思えたのはその場の思い過ごしである。

これがいまのところ、いちばん可能性が高いような気がしているのだがどうだろう。考え過ぎだろうか？

わからない

ある日の夕方、テレビでサッカーのワールドカップの試合を見て、見る前には見終わったら仕事をすると自分で自分と約束していたのだが、自分でした自分との約束なんてあってないようなものだから、試合後もソファに寝そべってぐずぐずしていたら、テレビから聞き憶えのある旋律が流れてきた。

そちらへ目を向けると、ちょうど曲のタイトルが出たところで『夏は来ぬ』とある。うん、この歌なら知ってると僕は思い、ソファの上に起き上がって、退屈しのぎに朗々と歌ってやろうかという気にすらなった。歌ってやろうか、というのは言葉のあやであり、むろん自分の部屋で独りでテレビに向かって声を張りあげて歌ったりはしないわけで、要するに、この曲の歌詞なら頭に入っている、むかし憶えた歌はいくつになっても忘れないものだな、くらいのことを言いたいわけである。

テレビの画面には『夏は来ぬ』のメロディーにのせて作詞者の紹介がテロップで流れていた。それによるとこの歌を作詞したのは佐々木信綱という人らしかった。それからいよいよ歌詞が表示された。

橘のかおるのきばの窓近く
蛍とびかい、おこたり諫むる　夏は来ぬ

あれ？　と僕は思った。これが一番の歌詞なのか？　続いて二番の歌詞が表示された。

楝ちる川べの宿の門遠く、
水鶏《くいな》声して、夕月すずしき　夏は来ぬ

これも知らない。楝《おうち》って何だ？　いったい僕が知っている『夏は来ぬ』のあの有名なフレーズはどこへ行ったのだ？　と思っていると、やっと三番目にそれが出た。

うの花のにおう垣根に、時鳥《ほととぎす》
早もきなきて、忍音《しのびね》もらす　夏は来ぬ

そしてこの曲は終わった。カラオケの音楽がやんで五分ほどの番組は終了し、NHKは夕方のニュースを流し始めた。

僕はソファにすわった姿勢でタバコに火をつけて落ち着いて考えてみた。『夏は来ぬ』といえば歌い出しは「♪うーのはなぁ〜の」と決まっているものと思っていたのだが、いまのいままでそう信じていたのだが、それは僕の思い込みだったのかもしれない。ひょっとしたらいまNHKの番組で表示された通りの順番で『夏は来ぬ』の歌詞は書かれているのかもしれない。とすれば、僕が知っている有名な、いまのいままで最もポピュラーだと思い込んでいた歌詞は実は三番の歌詞だったということになる。

ではそれはなぜなのか？

僕はなぜ三番の歌詞だけ憶えているのか。そもそも、ある歌の一番と二番の歌詞をとばして三番だけをしっかり記憶してしまうというような奇妙なことは起こり得るのだろうか？

@

翌日、図書館へ行って調べてみたところ、この疑問はあっさり解けた。

タッチパネルで検索をして『日本唱歌集』(岩波文庫)という本を開架の本棚で見つけたので、図書館で貸してくれる老眼鏡をかけて読んでみたのだが、それによるともともと『夏は来ぬ』には歌詞が五番まである。NHKの番組で画面に表示されたのはそのうちの一番と三番と四番の歌詞である。「橘のかおるのきばの」で始まるのが三番、「楝ちる川べの宿の」が四番、そして例の僕が知っている(僕が知っているくらいだからたぶん誰もが知っている)「うの花のにおう垣根に」がやはり一番の歌詞だ。

つまり番組では最初に三番の歌詞、次に四番の歌詞、最後に一番の歌詞という順番で表示されたわけである。なぜか？　なぜそのような歌詞の順番の入れ替えがおこなわれたのか？　それはその番組を制作した人に聞いてみなければわからない。最後の最後に誰もが知っている一番の歌詞を持ってきて番組を盛り上げる演出なのだと、一応想像してみることは可能だが、でもそれだとなぜ二番と五番の歌詞が抜けているのかという理由が説明できない。なぜ五番まである歌詞の中から一番と三番と四番をピックアップしてしかもそれをシャッフルして並べ替えなければならないのだ？

だからここはわからないと言うしかない。僕がわかったのは、そもそも、ある歌の一番と二番の歌詞をとばして三番だけを記憶してしまうような奇妙なことはやはり起こり得ないのだ、という事実である。

さて。

わかるわからないで言えば、図書館の本棚の前で老眼鏡をかけて読みふけった『日本唱歌集』にはわからない謎がいっぱい詰まっている。たとえば、

昔々浦島は
助けた亀に連れられて
竜宮城へ来て見れば
絵にもかけない美しさ

という有名な（有名だろうと思う）一番の歌詞で始まる『浦島太郎』は誰が曲を書いたのかわからない。作詞者名も作曲者名もわからない。あとほかにも、「山田の中の一本足の案山子」で始まる『案山子』も同様に誰が書いたのかわからない。「雪やこんこ霰やこんこ」の『雪』も、「でんでん虫々　かたつむり」の『かたつむり』も、「ぽっぽっぽ　鳩ぽっぽ」の『鳩』も、「今は山中、今は浜」の『汽車』もわからない。

これらは作られた時代が古すぎて作者がわからないというのではない。『浦島太郎』は明治四十四年に発行された『尋常小学唱歌』という唱歌集（いまでいえば音楽の教

科書）に初めて収められたのだが、それよりむかし十一年前に出た『幼年唱歌』には平仮名の『うらしまたろう』という曲が載っていて、こちらは作詞者が石原和三郎、作曲者が田村虎蔵と明記してある。ちなみに一番はこんな歌詞である。

むかしむかし、うらしまは、
こどものなぶる、かめをみて、
あわれとおもい、かいとりて
ふかきふちへぞ、はなちける。

この『うらしまたろう』と『浦島太郎』とでは楽譜も違う。インターネットでどちらの曲もメロディーだけ聞かせてくれるサイトがあったので確かめてみたのだが明らかに違う。つまり『うらしまたろう』から十一年後に作られた『浦島太郎』には新しい作詞者と作曲者がいるわけだ。でもその名前がわからない。

それはなぜか？

なぜなら、それ以前の唱歌集がほとんど民間で出版されたものであったのに対して、『浦島太郎』の収録されている『尋常小学唱歌』は文部省編集による唱歌集だからである。そして文部省編集による唱歌集の場合「作詞者や作曲者の個人名を発表しなかった」からである。で、それらはひとくくりにして「文部省唱歌」と呼ばれることになる。

それはなぜなのか？

わからない。それ以上の説明を、僕が手に取った文庫本の編者はしてくれていない。だからよくわからない。でも、それにしても作詞・作曲者名くらい調べればわかるのではないか、公表はされていなくてもどこかに記録が残っているのではないか、という疑問は生じるだろう。でも行き止まりのようだ。明治十四年に文部省音楽取調掛編集の『小学唱歌集』というのが発行されたことがあるのだが、その中に収録されている『蛍の光』について、原曲はスコットランド民謡であると断ったうえで、編者は次のように注釈をつけている。

歌詞の作者は、当時音楽取調掛と関係のあった稲垣千穎《ちかい》、加部厳夫《かべいずお》、里見義《ただし》などのうちの誰かであろうが、記録がない。

結局、わからないのである。記録がないから調べようがないと匙を投げているのだ。

おそらく事情は『尋常小学唱歌』についても同じなのだろう。だから『浦島太郎』をはじめとして僕が知っている、ということはきっと誰もが知っている数々の有名な歌の作者は謎につつまれたままなのだ。たぶん永遠に謎として残り続けることになるのだろう。

もちろん、果たしてそれが謎と呼べるほどの謎なのか？　と言うことはできると思う。文部省が「個人名」を発表しなかったという記述に注目して、だったら個人の創作ではなくて複数の手の加わった合作だったのではないかと、うがった推測を立てることもできるだろう。いっそのこと、別に『浦島太郎』の作詞者と作曲者の個人名がわからなくても困らない、と言ってしまうこともできる。事実子供の頃の僕は誰が作ったかなど気にもしないでこの歌を憶えたのだし、その後も今日の今日まで気にしないまま生きてきたわけである。僕はただ気まぐれに図書館に行き一冊の文庫本と出会った。そして読後の印象として、著作権問題がうるさく持ち出される時代の人間として、作詞者と作曲者の個人名を発表しなかった当時の文部省の方針や、その方針を受け入れた作詞者や作曲者に対してちょっとした好奇心を感じただけなのだ。

だからその好奇心を自分勝手に謎と呼んでいいのかどうかもわからない。たとえば『浦島太郎』の作詞者と作曲者が（個人であったと仮定して）、曲を書いてからおよそ九十年ものちの時代に、自分たちの名前が一つの謎として提出されることを、草葉の陰でいくらかでも歓迎しているのか、または、どうでもいいことをごちゃごちゃうるさいやつだなあ、ほっといてくれよと思っているのか、それもわからない。

自慢話

拙文、とは自分で書いた文章を謙遜していう言葉であって、文字通り、下手くそな文章という意味では使わない。使わないと思う。その点では人にものをあげるときの「つまらないものですが」という慣用表現と似通っている。わざわざつまらないものを選んであなたに差しあげるわけないじゃないですか。この私が下手くそな文章を発表して人に読ませるわけないじゃないですか。

拙文という言葉には、むかしの人の書いたものを読んでいるとときどき出会う。むかしの人の書いたもの、といえば取りつく島もないので一つ具体例をあげると、たとえばつい最近読んだばかりの『三好達治随筆集』(岩波文庫)という本には、巻頭に置かれた一編の中に「こういう拙い文章を草して」という表現が出てくる。つまり本の頁をめくるといきなり、著者が自分の文章は拙いのだと述べている現場に出会うことになる。大いなる謙遜である。本人がどう述べていようと、三好達治の文章を下手くそだとけなせる人はまずいないだろう。三好達治が誰だか知らない人は中にはいるかもしれないが。

もちろん拙文という言葉は現代にも生きている。生きてはいると思う。でも仮に生きているとしても、息も絶え絶えというところではないだろうか。なぜなら、僕の経験から判断すると、謙遜の表現自体がすでに息も絶え絶えだからである。つまらないものなら初めから人にあげなきゃいいじゃないの。自分で下手くそだと思う文章なんか人に読ませるなよ。そう考える人たちが少なからずいる。少なからずいるだけなら別に僕があれこれ世話を焼く問題ではないのだが、恐ろしいことに、そういう人たちの中にたまたま僕の書いた文章を読んだりする人がいる。

いつだったか(そう遠くないむかし)、僕も文筆業者の端くれとして先達に学ぶ姿勢を大切にしようと思い、雑誌のエッセイに「こんな下手な文章を書いて原稿料を頂くのは気が引けるが」というようなことを書いたところ、早速ある人から、

「あんなこと書いてるけど、佐藤さんは本気ではそうは思ってないと私は思うんですが?」

と問い合わせがあった。

あたりまえである。

あたりまえなのだが、それをあたりまえと思わない人がいる。大いなる行き違いである。三好達治は一九六四年に亡くなっているからその心配はないのだが、もしもの話として、この時代に生きてエッセイを書き続けていたとすれば、全国の読者からマジでこの人文章が下手なんだと思い込まれた可能性がある。下手な文章さえ書かなきゃいい詩人なんだけどなあ、という評判が立っていたかもしれない。

いまどき謙遜を書けば文字通りに取られて誤解される。もっと言えばなめられる。そのことを痛感して以来、僕はもう決して、うまい文章が書けないとか、不器用なので料理はパスタくらいしか作れないとか、老眼が進んで新聞を読むにも苦労するとか、ひねくれ者なので友達がひとりもいないとか、さっぱり女性にもてないとか、とにかく謙遜の意味に取られることを期待しては何事も書くなと、自分を戒めているくらいである。

で、それが近頃の作家としての方針なので、今回は特に、いっさい謙遜はしない。読者には安心して読んでいただきたい。これから書くのは謙遜とは正反対の自慢話である。実生活では自慢話はまわりの人に煙たがられるわけだが、作家がそれを文章に書くとどうなるのだろう。謙遜がその意を汲み取られず文字通りに読まれるのであれば、あるいは自慢だって同じことなのかもしれない。どれだけべたな自慢をしようと、読者は言葉を言葉通り事実を事実のまま受け入れて、それが自慢話だとはついに気づかないかもしれない。敢えてタイトルを「自慢話」としたのはその点を恐れてのことである。

ではゆきます。

@

足の裏の話だ。

いまから十五年くらいむかし、これといった仕事もしないで遊んでいた頃、仲のよかった友人とふたりで女の子の部屋にあがりこんで昼寝をしたことがある。僕たちが昼寝してるあいだに彼女は晩ご飯の買物に出かけた。それとも(どっちでもいいけど)彼女が晩ご飯の買物に出かけたあとで僕たちは退屈して昼寝したのかもしれない。夏の夕暮れ時だったので、窓を開け放った畳の部屋に友人と並んでのごろ寝だった。そのとき僕たちの両足は入口のドアのほうを向いていたらしい。その四つの足が、というよりも足の裏が買物から帰った彼女の注意をよほど引いたらしく、あとで三人で晩ご飯を食べているときに、まるで人生の一大事でも発見したかのように彼女はこう言った。

「ほんとにびっくりした。男の人の足の裏ってきれいなのね」

そこで友人と僕は箸を置き、黙って互いの足の裏を見て、見せ合って、それから曖昧にうなずき合った。そういうものかな、と僕は思った。一般的に、女の足の裏と比べると男の足の裏というのはきれいなものなのかな。靴にしてもサンダルにしても女はとかく小さくて窮屈なのを履きたがるからな。そのせいで足の裏にも負担がかかるのかな。その程度のことを僕は考えたと思う。そしてそれきり考えるのをやめた。

これが手に関する話であれば、その後も男女の違いをさりげなく観察して比較することもできただろう。でもなにしろ足の、しかも足の裏の話なので、正確な統計を取るためには会う人会う人に頼んで靴や靴下まで脱いでもらわなければならない。だからそのまま十五年間、僕は男の足の裏は女の足の裏よりもきれいなのだと(確信はしないまでも)漠然と思い続けていた。それがそうではないのかもしれないと改めて思い始めたのは、今年の春のことである。

僕は公園のベンチに腰かけて花見をしていた。市内では桜の名所に数えられる公園なのだが、平日の午後でおまけにすでに散りかけの時期だから人影はまばらだった。近くの病院に知り合いを見舞う用事があったので、その帰り道、公園を通り抜けるついでにベンチでタバコを一本吸っていこうと思ったのだ。そこへ顔見知りの女性が犬を連れて通りかかった。あら、正午さん、と彼女は言い、犬の散歩？　と僕が訊ねた。そうだけど、正午さんは何してるの？

　それから彼女は犬を自由にして園内を走り回らせ、僕の隣にすわると足の裏のツボマッサージの話題に移った。何をしてるの？　と聞かれて僕が見舞いの話に触れ、内臓を悪くして入院している知り合いの名前をあげただけで、もうあっという間に足の裏のツボマッサージの話になった。正午さんもそういう年齢なんだし、気をつけないとねと彼女が言い、その数分後には説得されて片方の靴と靴下を脱いでいた。そしてそれを彼女の膝の上に載せた。そのほうが足の裏のツボマッサージがやりやすいと彼女が主張するのでそうせざるを得なかった。その体勢で彼女が両手の指を使って僕の足の裏を押す。もし肝臓なり腎臓なり胃腸なりに悪いところがあれば、足の裏のその部分のツボに痛みが走るということだった。

　結果から言うとどこにも痛みは走らなかった。ひょっとしたらそれが物足りなかったのかもしれない。彼女は足の裏のツボの解説に飽きると、僕の足の裏全体をひと撫でしてこう言った。

「正午さんみたいに足の裏のきれいな人は初めて見た。何か特別なことでもやってる？　お風呂に入ったときヘチマで擦るとか」

「いや」

「ふーん。じゃ何でだろ。生まれつきかなあ」

「ちょっと聞くけど、男の足の裏は大抵きれいにしてないか？」

「ううん、魚の目とか水虫とかの人だっているし、あたしが見た限りでは、正午さんの足の裏みたいにやわらかで、弾力があって、つやつやしてるのは珍しい」

「へえ」

「惜しいね。これが顔なら天下取れてたかもしれないね。もし人の顔が足の裏で、足の裏が人の顔なら」

一般的に男の足の裏は女の足の裏と比べてきれいだというのは、どうやら僕の長年の思い込みで、実のところ、僕の足の裏はほかの人々の足の裏と比べてきれいなのだ、それも断然きれいなのだ、と言うべきなのかもしれない。十五年前、友人と僕の足の裏を見て「男の人の足の裏ってきれいなのね」と感嘆したあの女の子は、たまたまあまりきれいではない足の裏の持ち主で（男の足の裏をじっくり観察したのも初めての経験で）、自分のと比べて思わずそう口走ってしまったのかもしれない。そして当時の僕の友人はこれもたまたま、僕と同じようにきれいな足の裏をしていたのだろう。

そういうふうにいまの僕は考えている。この十五年間に二度、自分の足の裏を他人に見られ、ほめられる機会を得たうえでの結論である。ただし、なにしろこれは手ではなく足の、しかも足の裏の話だし、自分の目で、いちいちほかの人々のその部分を確認して正確な統計を取るのはむずかしい。そんなことをやってる専門家もいないのではないか。要はこの問題に関してはまだ細かい点でいくらでも研究の余地はあるということだ。そのぶん結論は流動的で、別に僕はいまの考えに強く固執するつもりもない。

つまりどういうことかと言えば、世の中にはまだ誰にも一度も足の裏を見せたことがない人たちが大勢いるだろう、いるに違いない、その中には僕の足の裏よりももっと断然きれいな足の裏の持ち主がいるかもしれない、そういう人に比べれば僕の足の裏は単に普通にきれいなのだという結論になるかもしれない、そしてその人がいまこれを読んでいるあなたの可能性もある、その可能性は決して低くはないのだということまで念のため最後に書いておく。

文章の巧拙

精霊流しの夜に実家に顔を出してみると、妹がふたりの娘を連れて里帰りしていて、そのうち下の小学五年生は僕がタバコをつけたとたんに嫌な顔をして、間接喫煙の迷惑について語ったうえで寄りつきもしなかったのだが、上の高校一年生のほうは、副流煙を片手であおいで追い払いながらも携帯電話のメールを打ち続けているので、試しに、断られてもともとのつもりで「メールアドレス交換しないか?」と持ちかけてみたところ、メールの入力画面から顔も上げずにではあったが、「いいですよ」との返事だった。

それから数日して、あまり期待もしなかった姪からのメール第一信が届き、

「読書感想文ってどんなふうに書けばいいのでしょう? 原稿用紙三枚は絶対埋めなきゃいけないんだけど」

という内容だった。

そうやって頼られてみるとまあ可愛げもある。ただし、読書感想文ってどんなふうに書けばいいのかは僕にもわからない。わからないのならよせばいいのに、伯父とし

て恰好だけはつけておきたいので、

「名案があります。読んだ本の気に入ったページや、印象に残ったセリフなんかを多めに引用すれば、原稿用紙三枚くらいすぐに埋まるのではないでしょうか」

と無責任なことを書いて送った。

それに対する姪の短い返信——「ありがたや(音符の絵文字付き)それやってみる(星二つの絵文字付き)」——を見て、もう少し親身になって答える方法がなかったかと反省し、読書感想文のことをあれこれ考えてみるうちに、いまから三十年もむかしの記憶にたどり着いた。高校一年のとき、つまり姪と同じ年齢のときに僕も読書感想文を一つ書いた憶えがある。しかもその感想文には良い評価を貰えなかった、というおまけの記憶までくっついている。

確かに、そのとき僕の書いた読書感想文はほめられなかった。それはまちがいない。まちがいないのだが、では具体的にどのような悪い評価が下されたのかといえば、そのへんは曖昧である。三十年前の国語の先生が、「きみの書いた感想文、あれは駄目だ。箸にも棒にもかからないとはあのことだ」と面と向かって僕を非難するときの、意地悪そうな顔つきまで鮮明に思い出してはみたものの、よくよく考えてみるとこの記憶は怪しい。常識として、高校の教師が生徒のやる気を殺ぐような、可能性の芽をつみとるような、もしくは(強いて良い意味に取れば)獅子が千尋の谷に我が子を突き落とすような、そんな過激な台詞を口にする状況は起こり得ないだろう。だからきっとこの場面はあとづけの、偽の記憶に違いない。

でも良い評価を受けなかった記憶、それはあくまで確かな感触としてしこりのように残っているので、真実はたぶんこういうことではなかったかと思う。三十年前の国語の先生は、授業中にみんなの前でいくつかの感想文をほめ、それを書いた生徒たちの名前をあげた。ところがその中に僕の名前はなかった。そのことに僕は(自分の書いた作文に自信を持っていたので)ひどく失望したのではないか。あるいは三十年後のいまもその失望は続いているのではないか。いまだにそのことを悔しがっているのではないか。実はいまだに先生を恨んでいるのではないか。そのせいで意地悪な教師の登場する偽の記憶まで作りあげてしまったのではないか。

文末が「ないか」ばかりで少し心もとない気もするが、おそらくそんなところだろう。そんなところだということにして、これから先は文章のうまい下手の話に移る。

@

そのとき失望したにしろ、悔しがったにしろ、先生を恨んだにしろ、いずれにしても高校時代に読書感想文すらほめられたことのない生徒が、はたちを過ぎて大人になってからプロとして文章を書こうと思い立つ、そのことを他人事みたいに言わせてもらえば、そういう人間はずうずうしいと思う。

でもいまになって、つまりもう二十年近くこういう仕事をしてきた人間として過去を振り返って言わせてもらえば、文章を書くうえで、ずうずうしさは大切な気がする。ある程度、ではない。ある意味、でもない。文章を書き出すときの心構えとして、ずうずうしさは欠かせない条件だと思う。

なぜなら、という説明をこれからしてゆくのだが、そのためには、文章を書くことを何かにたとえたほうがわかりやすい。だからまずこうたとえて話を進める。文章を書くことは洋服のコーディネートに似ている。

言葉と言葉をつなげて文を書くこと、文と文をつなげて文章を書くことは、たとえばシャツの色柄に合わせて上着を選ぶこと、さらにスカートやズボンや靴下や靴、帽子や髪型や髪の色や眼鏡を合わせて全体としてスタイルの統一をはかることに似通っている。もともとスタイルという言葉には文体という意味があるわけだし、モデルや役者の着るもの身につけるものの面倒を見ることを職業としている人、つまりスタイリストという言葉には、いま辞書を引いてみると文体に凝る作家とか名文家といった意味がある。このたとえが的をはずれていない証拠になるだろう。

そんな付け焼き刃の知識をひけらかさなくても、長年文章を書いている実感として、たとえばこの一行をここに残すか削るか、この読点をここに打つか打たないか、試しに削ってみたりまた書き足してみたりして読み返しながら机の前で考えることは、この服にこのベルトをしめるとどう印象が変わるか、胸もとにブローチをつけるのとつけないのとではどうか、実際につけてみたりはずしてみたりしながら鏡の前で考えることに似ている。

けさわたしは詩の校正をし、コンマをひとつ削った。午後またそれをもどした。

とオスカー・ワイルドが何かに書いているそうで、僕はそれをハヤカワミステリのある作品の中の引用で知って共感したのだが、対象が詩であろうと散文であろうと、書き手がオスカー・ワイルドであろうと誰であろうと、さらにはその人が作家であろうとなかろうと、ものを書くとき人はみな同じことをやる。デートに着ていく服をあれでもないこれでもないと迷い、着ては脱ぎ、着ては脱ぎするように。要するに文章を書くことはそれである。着ては脱ぎ、着ては脱ぎしながらようやく仕上がったスタイル、デートの待ち合わせに現れたボーイフレンドないしガールフレンドの服装、それが推敲のあとに書き上がった文章ということになる。

とすれば、人が文章について語るときには、必然的に(服装について語るときと同様に)、趣味とかセンス、または無頓着とか無関心といった言葉が使われることになる。使う以外に手はなくなる。文章がうまいとか、下手だとか、人はよく口にするけれども、それは単に自分の趣味に合う／合わない、この人となら腕を組んで街を歩ける／歩けない、といった感じの私的な意見を表明しているのと同じことになる。なると思う。服装についても文章についても、どこをどう探しても、広く一般的な採点の基準など存在しない。人の趣味の評価をつかさどる神でもいれば黙ってひれ伏すしかないが、そんなものはいないから、人は個人個人の趣味やセンスを基準にして自分の意見を(もしあれば)語るしかない。

極端な話をすると、服装に気をつかう人がどんなに気をつかって着飾ったとしても、無頓着な人にはその「気のつかいよう」は伝わらないだろう。俺のジャージとはちょっと違うな、くらいは思うかもしれないが、おしゃれだなあ、と感心することはあり得ないだろう。同じくどんなに力をこめて名文を書いたところで、もともと文章の読み書きに無関心な人にはその「名文たるゆえん」は伝わらない。彼らはこう思うだろう。文章なんて意味が伝わればいいのだ、書かれた内容だけ大事で、それがどう書かれているかは関係ない。着るものに無頓着な人が、セーターのかたちや柄なんて何でもいい、とりあえず寒さがしのげれば充分だと考えるように。

だからこの際、勢いに乗って一つ、こういうことも言えるかと思う。世間で名文と言われるもの、有り難がられているものにいったいどれほどの値うちがあるのか？

結局のところ、人は個人個人の趣味やセンスで、自分の書いた文章にも他人の書いた文章にも評価を(下したければ)下すしかない。

国語の先生だって自分の物差しで生徒の読書感想文の良し悪しを測るしかない。そのことがいまはわかっている。人の趣味やセンスは(無頓着や無関心もその中に含めて)千差万別で、それと同じ数だけ評価の基準は存在するだろう。うまい文章や下手な文章も当然同じ数だけ存在するだろう。したがって、もともと人は万人に認められる、高く評価される、ほめられる、うける、何でもいいがとにかくそんな都合のいい文章は書けはしない。たとえプロの作家であろうと書けないものは書けない。運がよければ、たまたま趣味を同じくする読者の目に触れて「うまい」とか持ち上げられるくらいが関の山である。

で、そういう結論が出たところで話を元に戻すと、だからこそ、文章を書き出すときにはたとえ国語の先生にほめられたことがなくても、もっと言えばどこの誰に何と言われようと、自分のセンスを曲げずに書き出して、書き上げてしまうずうずうしさが絶対に必要なのだし、また姪からの読書感想文に関する質問のメールには、まさかいまここに書いてきたような文章についての考えを長々と返信するわけにもいかず、もっと手っ取り早くて実践的な「引用」のアイデアを伝授するしかなかったのだ。「引用が多すぎるって先生に突き返された。伯父さんのせいで書き直しだ(怒った顔の絵文字付き)」というメールが届かないことをあとは祈る。

(『WEBダ・ヴィンチ』二〇〇一年一〇月—〇二年九月)

二〇〇二年

植物の「気」

禁煙したいけど口寂しいという人のためにコンビニで売られている薄荷《はっか》味のスティックをくわえて、行きつけの喫茶店で人を待っていたら、コーヒーを運んできた若い店員が、タバコやめたんですか？ と聞くので、いや、やめたわけじゃない、きょう一日だけ身体をいたわってるんだと答えた。すると相手は、いたわる？ 正午さんも年ですねえ、と感想を述べて退がった。

そこへ待ち人が現れて、向かいの席に腰かけるなり同じ質問をした。タバコやめたんですか？ いや、そうじゃなくてね。

「僕も四十六歳だし、自分の身体のことは自分でよくわかるわけ。どうわかるかっていうとさ、たとえば徹夜で原稿を書くでしょ、仕事中はタバコ吸う習慣があるから一日じゅう吸い続けることになるんだよね。そうすると、もうこれ以上は無理だなって限界点を身体で感じる。特に冬場だとこれ以上同じペースでタバコを吸うと風邪をひくというのが経験上わかる。この次の一本を一口でも吸うとだめだな、そのくらい細かくわかる。だからこんなものを口にくわえて、一日だけ身体をいたわってやる。年を取るってそういうことだよね。若いときはさ、その微妙な限界点の見極めができないから、よく風邪をひいて寝込んだりしたんだよね。でも年を取ったいまはそんなことはない」

相手はこの話を聞いて、そうですか、一晩徹夜するともうだめですか、やっぱり年ですかねえ、と感想を述べた。いや、そういう話じゃないんだけどな、と思ったけれども僕はもう面倒くさくなって、黙ってうなずいてコーヒーを飲んで次の話題に移った。

数日後、その人から宅配便が届いた。先日は少し元気がないご様子だったので、身のまわりに植物を置いてみたらどうかと思って送りますと手紙が添えてあった。植物を身近に置くと、弱った気持がときに元気づけられる。なぜかというと、植物の生命力が発する「気」のようなものを人間は感じ取るからである。

というのがその人の持論らしかった。

あり得るな、と判断して(別に気持が弱っているわけでもないのだが)、送られてきた植物を水をはったグラスに入れていま仕事部屋に置いてある。萬年竹、と名前のついた小型の観葉植物で、名前通り、ちょっとやそっとでは枯れない強い生命力を持っているらしい。見た目に美しい、ひ弱な植物よりも旺盛な「気」を発する、と手紙には説明してある。あり得るな、と思って仕事前に眺めている。（『小説すばる』三月）

［映画評］

『トゥルー・ロマンス』

近所のレンタルビデオ店では『トゥルー・ロマンス』はアクション映画の棚に並べてある。そのせいで見つけるのに少し時間がかかった。タイトルがタイトルだし、僕はまず恋愛映画の棚から探しはじめたのだ。そうか、この映画をアクションに分類するか、と半分は感心し、半分は疑問に思いながら借りてきて久しぶりに見た。

プロローグにあたるシーンがまずある。

酒場のカウンターで、主人公の青年（クリスチャン・スレーター）が女を映画に誘っている。ソニー千葉主演のカンフー映画の三本立に。もちろん断られる。

そのあとにタイトルが出る。

主人公の青年はがらがらの映画館で独りでソニー千葉を見ている。そこへ若い女（パトリシア・アークエット）が現れて後ろの席にすわりかけてポップコーンを派手にこぼす。それがきっかけでふたりは言葉をかわし、一緒に映画を見ることになる。

映画のあとふたりはレストランでパイを食べる。それから青年は自分が働いている店へ彼女を連れて行く。深夜のつまり閉店後のコミック専門店の中を案内する。そのあとふたりは青年のアパートに行って寝る。

夜明け前、アパートの屋根の上で若い女はタバコを吸っている。ベッドで目覚めた青年は不審に思い、寝室の窓から自分も屋根に出て、そばに行って訳を聞く。すると彼女は思いがけない秘密を告白する。告白しながら泣いて、でもあなたが好きだと言う。青年は彼女を受け入れる。

そして翌朝、ふたりは結婚する。

ここまで、この映画はまちがいなく恋愛映画の展開を見せる。だがここまで、映画が始まってまだ十五分くらいしか経っていない。

ほんの十五分で男と女が出会って恋に落ちて結婚してしまう。これはたぶん世界一コンパクトに恋愛の一部始終を描いた映画ではないかと思う。しかもコンパクトであると同時に、充分リアルでもある。そんなのあり得ないよ、などと茶々を入れる隙がこの映画のここまでにはない。

でもそれがどの程度リアルであるか、僕の説明では伝わらないと思う。言葉で説明して伝わるくらいなら映画を撮る必要もないわけだし。もし誰かがこの十五分の恋愛の一部始終を言葉にしようと思うなら、やはり小説に書くしかないだろう。そしてこのストーリーはたぶん短編小説に適しているし、本気で書けば面白い作品になりそうな気がするのだが、脚本を書いたクエンティン・タランティーノはむろん恋愛小説の作家ではない。

この十五分のあと、物語は少しずつ恋愛から離れてゆく。どう離れてゆくか詳しく説明するよりも、たとえばこのあとゲイリー・オールドマンやデニス・ホッパーやクリストファー・ウォーケンが顔を出すと言ったほうが早いかもしれない。映画好きのかたならそれでだいたいの想像はつくと思う。おそらくその想像を裏切らない映画になるだろう。

主人公の青年と若い女は真冬のデトロイトで出会って恋をして結婚する。映画の中ほどでふたりは紫のキャデラックに乗ってロサンゼルスへ向かう。早朝に車が市内に入ったとき、ラジオからエアロスミスの曲が流れる。「テイク・ミー・トゥー・ジ・アザー・サイド」——つまりこっち側からあっち側へ橋を渡る。で、映画の後半はコカインがらみの銃撃戦のクライマックスへと一気に突き進む。

この映画を最初に見終わったとき、僕は『ゲッタウェイ』を思い出した。遠いむかしに見たスティーブ・マックイーン主演の懐かしい名作を。二つの映画はストーリーの骨格が兄弟のように似ているし、ラストシーンには誰の目にも明らかな共通点がある。だから、そういう意味では(あのスティーブ・マックイーンを思い出させるという意味では)、この映画をアクションの棚に置きたくなるのも無理はないかなとも思う。

(『小説推理』三月)

二〇〇三年

［解説］
名香智子『桃色浪漫』

小説家の仕事をこまかく言えば、万年筆やワープロを使って小説を書くことだけではなく、書き始める前に、登場人物が着る洋服を想像しながらファッション誌を見たり、恋人たちが向かい合ってとる食事のために料理の本を読んだり、主人公の職業がたとえば映画の撮影監督であれば、現実に映画の撮影に携わっている人に会って苦労話を聞いたり、ということまで含まれる。含まれると思う。

そういった、こまかく言えば仕事の中の一つとして、僕は最近ビデオを集中的に見た。いわゆるAV、裏とか表とかのあるビデオをまとめて百本ほど見た。その手のビデオには約束事がある。登場人物の誰も彼もが、つまり世界中の誰も彼もが、ひとり残らず、セックスのことを考えている、というかセックスのことしか考えていない。人類のいま、地球の現在が性欲を中心にまわっている。ほかに大事なものは何もない。

もちろん現実にはそんな状況はあり得ない。仕事や家族や健康や、政治や株価や貯蓄や、などと例をあげるまでもなく、現実に生きている人々にはセックス以外に人生のテーマが山ほどある。だから作り物は単調でしらけてしまう。出来の良くないAVを見ると、馬鹿馬鹿しいと思ってリモコンの停止ボタンを押してしまう。こんなもの見てる場合じゃないよな、現実に戻ってまともな社会の一員になろう、などとビデオを巻き戻しながら反省してしまう。

でも、そうじゃない例外もある。現実にはあり得ない世界へ、セックスこそが人生のメインテーマでほかには何もない世界へ、見ている者をぐいぐい引っぱり込む作品もある。仕事や家族や健康や政治や株価や貯蓄のことなどどうでもいい。そんなものはとりあえず頭から消えてしまう。性欲に身をゆだねることが、生きていることとイコールの世界。それが現実同様、あるいは現実以上にリアルに思えてしまう。むろん、見終わるまでの短い時間のことなのだが。でもどんなに短い時間にしろ、そこに確固たる世界があって、現実の日常からそこまではひとまたぎであることを教えてくれる。セックスが人生のメインテーマでほかには何もない世界はあり得ないかもしれないが、少なくとも、長い人生の中ではそう思い込める時間が、見果てぬ夢のような時間が現実にもあり得るのだと。

さて。

そんなとき僕は名香智子の作品と出会った。と言っても別にAVと名香智子の作品がつながっているわけでは全然なくて、つまり順番で言うと、小説書きの仕事として AVをまとめて百本ほど見て、それからしばらくして小説の仕事とは関係なく『桃色浪漫』を読んだ。

で、僕はこう思った。もしこの作品を無理矢理にでも悪意を持って読むなら、

「恋愛だけだ」

と言うことはできる。できると思う。登場人物の誰も彼もが、つまり世界中の誰も彼もが、ひとり残らず、恋愛のことを考えている、というか恋愛のことしか考えていない。人類のいま、地球の現在が女と男の恋愛を中心にまわっている。もちろん現実にはそんな状況はあり得ないだろう。だからこの漫画は現実を反映していない。

でも、そんな感想は無意味だ。

なぜなら『桃色浪漫』を無理矢理にでも悪意を持って読むことは不可能だからである。まさに人生のテーマは恋愛だと、思い込ませる、一点の疑いも持たせない、読み始めたら悪意だろうと好意だろうと余計なものは忘れさせて、とにかく恋愛の世界に没入させる、そんな強みがこの作品にはあるからだ。

たとえば「灰色のシンデレラ」という短編では、最初の頁でヒロインの現在の立ち姿が正面からさらっと(未来の変身に期待を持たせる感じで)描かれている。彼女は金

が必要なので高級クラブの面接に来ている。金が必要なら金持ちと結婚したほうが早いと社長が言う。そして実際に大金持ちと引き合わせて婚姻届にサインさせてしまう。シンデレラの出来あがりである。

ところがそれは未来ではない。大金持ちと結婚するのがゴールではなく、そこからストーリーが展開してゆく。つまりそこから恋愛が始まって、ヒロインの未来が開ける。恋愛がヒロインを変える。婚姻届は何も変えない。奇妙なことだが、この短編を読んでいるとそれがごくあたりまえの、自然なことに思える。人生とは何か？　恋愛である、というQ＆Aが、この世界の唯一不変のルールであることを、空気を呼吸するように抵抗なく受け入れて、読みふけってしまう。

実は名香智子の作品を読んだのはこれが初めてなのだが、この『桃色浪漫』は大切にしようと思う。本棚の目立つ所に置いて、小説書きに飽きたときなどに、いったい何のための人生かわからなくなったときに読み直してみようと思う。仕事や家族や健康の維持や、そんなもののために人は本当に生きているのか？　という点を再確認するために。

（『桃色浪漫』二、解説、小学館、二月）

転居

最初の本が出版されたのが一九八四年の正月で、できあがったばかりの本を持って担当の編集者が初めて佐世保に来てくれたのが一九八三年の暮れだったから、今年二〇〇三年が終わる頃には小説家として二十年過ぎたことになる。そういう計算になると思う。

そのあいだにはもちろんいろんな出来事があった。良いことや悪いことが次から次へとモグラ叩きゲームのように持ち上がり、対処に追われてあっというまの歳月だった、と思い出すのも可能のような気がするし、別にたいしたことは何もなかった、ただ淡々と小説を書いてきただけだ、と言い直してもまちがいではないような気もする。まあいずれにしても二十年だ。

いま長編小説に取り組んでいて、その担当の編集者から去年、気晴らしにどうぞと送ってもらった本を、素直に気晴らしに読んでみると、

「生きることの大半は繰り返しと別れ」

という文句が出てきて、気晴らしだから缶ビールを飲みながら日の当たるベランダにすわっていたのだが、とりあえず頁の角を折って本を閉じて、そういうことだよな、と外の景色を見ながら思った。

　別れの話をすれば長くなるので置くとして、生きることの大半はまず、繰り返しである。仕事を一つかたづけても、また次の仕事が待っている。朝起きて、仕事して、夜眠る。今日は爪を切ってやすりをかけ、スーパーでコーヒー豆を買い、ストーブに灯油を入れる。明日は宅配便で荷物が届き、ATMで金を引き出し、誰かと待ち合わせて晩飯を食べる。日は昇り、日は沈み、そしてまた同じ日がめぐってくる。今日は爪を切り、コーヒー豆を買い、灯油を入れる。明日は荷物が届き、金を引き出し、待ち合わせの場所に立つ。

　そういった繰り返しが意識されたとき、強く意識されて鬱陶しくなったとき、人は変化を求めることになる。なるはずである。爪を切るのをやめたり、ストーブにサラダ油を入れてみたり、誰かとの待ち合わせをすっぽかしてATMを襲ったりという劇的な変化ではなくて、たとえば新しい服を買ったり、新しい恋をしたり(それが不倫だったり)、旅行に出かけたり、長年住んだ部屋を引っ越したり、というごく普通の変化のことだ。

で、こうして、僕が昨年の十二月、ほぼ十五年のあいだ住み続けた部屋から新しい部屋へと転居した理由についても、この文章の流れで簡単に説明がつくことになる。引っ越しの報告をするたびに、いったい何があったんですか何かあったんでしょ？ストーカーから逃げたんですか？　結婚したんですか？　マンション買っちゃったんですか？　小説家ってそんなに儲かるんですか？　といった質問を受けてきたけれども答えはすべてＮＯである。

さて。

十五年ぶりの転居の理由にさらっと説明がついたところで、だがもう少し突っ込んだ話をすれば、今回の引っ越しも結局は繰り返しに含まれると思う。つまり「生きることの大半は繰り返し」というとき、その中には、新しいものを求める行為までが含まれていると思う。人は繰り返し繰り返し新しいものを求めて生きてゆく。そこまで含めた意味での、要するにあらゆる意味での繰り返しに人は生きる時間の大半をついやす。愚かだ。

と書いてみると、何だか斬新で暗い人生観の表明のように聞こえるかもしれないけれど、実はあたりまえのことで、いまさら言うまでもない、と思った人はまっとうである。暗いなあ、こいつ、と思う人は単にぼんやり生きているだけだ。「生きることとの大半は繰り返し」というとき、その「繰り返し」の中に人は生きるための喜び、とまではいかないにしても、慰め、頼り、よすが、何でもいいけどそのようなものを見出すことができる。愚かだがそのくらいはできる。

去年まで住んでいた部屋の窓からは海が見えた。十五年間、僕はその景色の、天候や季節ごとの移り変わりを毎日眺めては仕事に励んだ。こんどの部屋からは一本の古い大木が見える。高さ二十メートルほどもある常緑樹だ。引っ越してきて以来、毎日ベランダからその木の様子を眺めている。緑の葉がそよいで風の程度を知り、雨の勢いや、日差しの加減や、気温や湿気の微妙な違いまで、その木をひとめ見ればわかる、いずれわかるようになるだろう。

引っ越したばかりだからいまはまだ新鮮味がある。なければ嘘だ。だが、やがてその新鮮味は薄れて、そのかわりにささやかな慰めを手に入れることになる。使い慣れたペーパーナイフや灰皿から得るような日々の慰めを。その繰り返しだ。生きることの大半は繰り返しである。最初に佐世保に現れた編集者から、早く次を書きなさいと言われて二十年経った。いまも言われ続けている。その台詞に新鮮味を感じないせいなのか、問題はほかにあるのか、引っ越しの前と後と原稿の進み具合にあまり変化はない。

（『小説すばる』四月）

親不孝

老少不定というから油断はできないし、また逆縁という言葉もあるくらいだから軽々しいことは口にできないけれども、でもごく普通に、というか大ざっぱに、人は生まれた順番に年老いていく、年老いた人の最期を若い者がみとる、子は親の供養をする、それが世の常だと考えれば、おそらく母は僕よりも先に死ぬだろう。

僕は長年不摂生な生活を送っていて、もうあと二年すれば五十というところまで来ているのでいつ大病にかかるかもしれない。かかっても誰にも文句は言えない。でもそういう言い方をすれば、母だっていくら健康に気をつかい規則正しい生活を送っていても、年齢が年齢なのでいつ病に倒れないとも限らない。

おまけに母は旅行好きである。毎月のように乗り物に乗ってどこかへ出かけて記念写真を撮ってくる。一方、僕は出無精で、めったなことでは仕事場の外へ出ない。旅行らしい旅行はもうまる二年くらいしたことがない。したがって、病気にかかる心配は母と僕とでは五分と五分で、旅先で乗り物の事故に遭う不幸の確率は母のほうがずっと高い。

そういう理屈になる。世の常の考え方から言っても、どこからどう見ても、おそらく母のほうが僕よりも先に死ぬだろう。

だが母はいまだ健在である。幸いなことに七十幾つかで元気に暮らしている。たまに実家に戻る息子を見ては、タバコをやめろ、髪を短く切れと高校時代から言い続けていることをいまも言う。白内障の手術を受けたとかで、目も確かだ。だからこの文章も読める。息子の書いたものは何でも読むという母親ではないけれども、旅先かどこかで、たまたまこの雑誌を手にして老眼鏡をかけて読むかもしれない。そして書かれていることに眉をひそめるかもしれない。

自分の母親のことだから、当然僕は母の若かった時代もよく憶えている。息子としてずっとそばで見てきたので、本人がもう忘れていることだって憶えている。そのうえ僕は小説家で、小説家とはいわば記憶をどう言葉にするか始終考えているような職業だから、母のことを書こうと思えばすぐにでも書ける。いまの僕よりも若かった母がどんな女だったか、小説ふうにエピソードを書き並べることもできる。その気になれば母の一生だって書ける。

でもそれを母に読まれたくはない。

母だってそんなものを読みたくはないだろう。じっくり話し合ったことはないので想像だが、たぶん、母は息子を小説家にするために大学まで行かせたのではないと思っている。月々の給料と夏冬のボーナスの出る職業にいまだに未練を持っている。そこへさらに、追い打ちをかけるように本人が読みたくもない思い出話などをここで書いてみせて、深いため息をつかせるような、親不孝なおこないは控えたいと思う。

（『文藝春秋』十一月）

台所のシェリー酒

外で誰かと晩ご飯を食べて、そのあともう一軒、二軒という機会でもあれば、最初は生ビールを一杯頼み、次に焼酎の水割りにして、相手が「そろそろ帰りましょうか」と言い出すまでちびちび飲みながらつきあうことはある。

でももともと酒のみと呼ばれるタイプの人間ではないので、自宅でひとりのときにはほとんど一年中酒は飲まない。飲まないでいられる。せいぜい真夏に缶ビールを開けるくらい、あとはお祭りの日とか正月に、日本酒でちょこっとお祝い気分を味わう程度である。

だから自宅に酒は置いてない。冷蔵庫の缶ビール以外には何もない。ウイスキーもブランデーもワインもジンもウォッカも麦焼酎も米焼酎も芋焼酎も置いてない。置く必要がない。ただ、いまは例外的に、台所に栓を開けてないシェリー酒の瓶が一本だけある。

今年の春頃の話だが、夜中に寝酒代わりに吉田健一の文庫本を読んでいたら、押さえがたいほどの欲情がわいてきた。欲情というのは比喩で、つまりそっちのほうのビデオとかを見てそういう気分になるのと似たような感じで、酒についての文章を読んでいるうちに身体が酒を欲し始めた。自分がいまいったい何を飲みたがっているのか、確認のため頁をめくり直してみると、それはどうもシェリー酒のようだった。吉田健一は「谷間の清水に一番近い飲みもの」と書いている。これを飲んだあとで「日本酒を飲んでも味に影響がないこと」が功徳の一つだとも書いている。

で、タクシーを飛ばして二十四時間営業のスーパーへ行き、サンデマンのドライという銘柄のを見つけて一本買い、薄茶色の細長い紙袋に入れてもらった。ついでに、そのあとに飲む日本酒も一本買おうかと思ったのだが、翌日の仕事のことを考えてそれはやめておいた。スーパーを出ると、袋ごと瓶の首を握りしめて夜道を歩いた。帰りのタクシーがなかなかつかまらなかったからである。

自宅までの道のりの半分ほどを歩いたところで、残りの半分もこのさい健康のため歩き切ってしまおうという、いわばウォーキング気分が盛りあがり、同時に、シェリー酒に対する欲情の火が燃えつきてしまったのがわかった。汗をかいて帰宅してみると、紙袋入りの酒瓶がものすごく不必要なものに思えた。

それ以来、シェリー酒は一度も袋から取り出さないまま、台所の隅の床に立ててある。いつの日かまた夜中の読書から火がついて、栓を開けてしまう瞬間が来るのか来ないのか、もともと僕は酒のみではないのでよくわからない。

（『小説すばる』十二月）

二〇〇四年

［解説］
現実――盛田隆二『夜の果てまで』

あるときドーナツショップで連れとふたりコーヒーを飲んでいた。

一九九一年の話だ。季節は真冬だった。時刻は早朝、五時とか六時。外はまだ暗かったと思う。その日その時刻に誰となぜドーナツショップにいたのかはまた別の話で、とにかく、僕はそのときそこにいた。そして隣のテーブルで起こった出来事をいまだに憶えている。

隣のテーブルにはカップルが向かい合ってすわっていた。少しもめている模様だった。女は大判の雑誌を開いて熱心に読みふけり、男がしきりに話しかけるのだが相手にしない。ふたりとも二十代後半に見えた。ふたりとも値のはりそうなスーツ姿で、仕事明けなのかやや着くずれていた。ふたりとも夜の業界の人なんだろうな、と思って僕は横目で見ていた。

「あなたが遅れて来るから悪いんじゃないの」

と女は決めつけ、開いた雑誌から目をあげない。

「遅れたって、たったの十五分だろ」

「でも、もう読み始めたから、終わるまで待って」

「なんだよ、なに読んでるんだよ」

「黙ってて」

「そんなに面白いのか？」

「うん」

「ちょっと見せろよ」

男は椅子を立って、女の横に無理やりすわろうとした。女は身体を揺すって嫌がり、なおも雑誌のページから目をはなさずに、もう、と声をあげた。気が散るからそっちにすわっててよ。

男はもとの椅子に戻ってタバコに火を点け、片手を差し出した。

「なあ、おれにも読ませろよ。おまえが読んだとこでいいから、一枚くれよ」

すると女は雑誌に目をやったまま、ドーナツの皿に手をのばして一口かじった。その動作の流れで食べかけのドーナツを口にくわえ、てのひらで雑誌を押さえると、もう一方の手でページを一枚破った。乱暴な感じはしなかった。見開きになった右側のページを、まるで切り取り線でもついているかのようにきれいに小気味良い音をたて

て破り取った。破り取られたページは女の手から男の手へと渡った。男はざっと目を走らせて、

「なんだ、小説か」

と言った。そしてタバコを消し、女の皿からドーナツをひとつつまみ、その小説を読み始めた。

しばらくたってまたページを破る音がした。女がそれを男に手渡し、ふたりはまた静かに小説の続きを読んだ。女は雑誌に残っているページを、男は破り取られたページを。

しばらくすると今度は男が、次、と催促した。早く、次。女がうなずいて、また読み終えたページを破り、男にまわした。そうやって、ひとつの小説が時間をかけて女から男へと受け渡されていった。しまいに雑誌から破り取られた小説のページがぜんぶ男の手に渡った。女は雑誌を閉じて、タバコに火を点け、店の入口のほうへうつろな視線を投げた。それから男が読み終えるのを待つあいだに、コートを着て、マフラーを巻き、手袋をはめ、バッグを雑誌の上に重ねて置いた。やがて男は小さなため息を洩らすと、読み終えた小説のページを揃えて、筒状にまるめてスーツのポケットに挿しこんだ。行く？と女が言い、ああ、と男が答えた。

ふたりが店を出ていくと、僕の向かいにすわっていた連れがすぐに言った。

「マリ・クレールよ」

「え？」

「いまの女の人が持ってたのは『マリ・クレール』という雑誌。そんなにうらやましい？」

「何が」

「自分が書いた小説もこんなふうに読まれたいと思った？」

厳密に言えば、そうは思わなかった。誰が書いた小説であろうと、いつどこで、どんなふうな読み方でもされる可能性はある。こんなふうにページを破り取ってふたりで回し読みにする（というかふたり同時に読む）方法が、特に小説家として僕が読者に期待する理想というわけでもないし、それは単に、さまざまある小説の読まれ方のうちのひとつのかたちに過ぎない。過ぎないと思う。だから別にそんなにうらやましくない。が、それにしても、いま目の前で、こんなふうに雑誌のページを破り取ってまで読まれる小説を書いた作家はいったい誰なんだ？　と僕は思った。

盛田隆二だった。

一九九一年の『マリ・クレール』三月号に盛田隆二が発表したのは「舞い降りて重なる木の葉」というタイトルの短編小説である。これは夫のいる女と駆け落ちした青年を主人公にすえて「きみ」という二人称で書かれていた。たぶんそれで間違いないと思う。

ドーナツショップでの出来事を目撃した朝、書店が開くのを待って、棚からレジに持っていくのももどかしくその場で立ち読みした記憶があるのだが、なにしろ十何年も前の話だし、買ったはずの雑誌もいまは手もとにない。しかもこの短編はその後単行本にも収録されていないので、もう一度読み返すことすらできない。いわば幻の名品である。「そんなに面白いのか？」と聞かれれば確かに「うん」と答えて続きを読み耽るしかない、読者に至福の時間をもたらしてくれる小説だったという記憶だけ残っている。

ただ、一九九六年に出版されたエッセイ集『いつかぼくは一冊の本を書く』にはこの幻の短編に触れたページがあって、それによると当の盛田隆二は「舞い降りて重なる木の葉」という作品の出来にじゅうぶん満足はしていなかったらしい。一組のカップルに雑誌のページを破り取ってまで読ませ、しかもひとりの同業者に(僕のことだ)立ち読みまでさせておいてそれはないだろうと思うのだが、とにかく作家本人の言葉を信用すればそういうことらしい。

で、信用するもなにも、現に、盛田隆二はのちにこの短編に手を加えている。手を加えるという言い方は誤解を招くかもしれない。短編を書き直して似たりよったりの短編に仕立てたわけではないから。盛田隆二はこの作品への不満足をモチベーションにして(という言い方なら許されるだろう)、この作品と血のつながった別の小説を構想した。そして一九九六年から九九年までたっぷり時間をかけて、今度は三人称の、もっと大きな物語へと発展させた。つまりあのときドーナツショップで破り取られた幻の短編は、いまはまったく別の顔をした長編小説に生まれ変わり、現実に読者の前にある。本書『夜の果てまで』がそれである。

さて。

さっきも触れたエッセイ集によると、長編小説『夜の果てまで』を書き出す前に、盛田隆二は図書館で本を「小説の参考になりそうなものばかり十冊」借りている。そのなかに『失踪！』(ペーター・H・ヤーミン、中野京子訳)という本がまじっていて、これは僕も読んだことがあるのでわかるのだが、登場人物が失踪する小説を書くにあたって小説家が必ず読む本である。そして小説書きの実際にはなんの役にもたたない本である。だからこの本が『夜の果てまで』にはたした役割は、盛田隆二が長編を構想する途中で失踪というテーマをひとつ頭に置いていた、という事実をのちのちまで読者に指し示してくれている、その一点にある。

登場人物の失踪は、『夜の果てまで』では冒頭で明らかにされている。読者はまず「失踪宣告申立書」という書類を目にすることになる。まだ小説の第一章も始まっていない。書類を提出したのは失踪者の夫、涌井耕治。失踪した妻の名前は涌井裕里子。彼女は一九九一年三月一日に失踪した。申立書が札幌家庭裁判所に提出されたのは七年後の一九九八年九月一日。その点を踏まえて第一章が始まる。一九九〇年三月、舞台は札幌。大学四年の安達俊介はひとまわり年上の涌井裕里子と出会い、恋をする。

そんなことはふつうはあり得ない。登場人物が失踪する小説は書店に行けば山ほど積んであるが、それらの小説はすべて、登場人物の誰かが失踪するその日、もしくはそのあとから始まる。きのうまでそばにいた誰かがきょう突然姿を消す。姿を消した誰かをその家族や恋人や親友が探し求め、失踪の謎を解き明かす。そしてその謎の解明に読者は納得したり、不満を持ったりする。それが登場人物が失踪するごくふつうの小説のありかたである。ところが『夜の果てまで』はそれらの小説と明らかに違う。常識に逆らっている。

常識に逆らってふつうの小説とはまるで正反対に書かれている。この小説は大学生と人妻の東京への駆け落ち、同棲、別れを経て、一九九一年二月二十八日の鹿児島で終わっている。一九九一年はうるう年ではなかったから、冒頭の「失踪宣告申立書」に記されている涌井裕里子の失踪の日付はまさにその翌日にあたる。もう一日。もう一日たてばふつうの作家が登場人物が失踪する小説を書き出すという前日に、盛田隆二は『夜の果てまで』を終わらせている。つまりふつうの作家が書きたがる(ということはたぶん読者も読みたがる)失踪当日、および失踪後の物語に盛田隆二はほとんど関心を払っていない。

なぜそんなことになるのか?

なぜ盛田隆二はふつうの作家の(たとえば僕のことだ)神経を逆なでするような、またふつうの読者の(僕やあなたのことだ)常識をくつがえすような書き方をあえてするのか?

理由のひとつは盛田隆二がへそ曲がりだからである。ジョークでもなんでもなくて、彼はほかの作家ならこうは書かないような、自分にしかこうは書けないような書き方を(たぶん)常に模索しているからだ。もうひとつの理由は、そう書くことが彼の(きっと)信じているリアリズムにかなうからだ。盛田隆二の目は現実をそうとらえているからだ。

再度エッセイ集からの引用だが、その本のなかで盛田隆二はアン・タイラーの小説にも触れていて、「描かれる世界は取り立てて目新しいものではない」が「それがゾクゾクするほどスリリングなのだ」と書いたあとに、こう続けている。

その秘密のひとつに、作者の異様な記憶力がある。我々が自明のこととしているために意識の表面にのぼらない日常の些細な感情や、普段は思い出しもしない遠い過去の光景を、彼女はその異様な記憶力でデジャ・ヴュのように蘇らせる。リアリズムとはつまりこういうことをいうのだと思う。

アン・タイラーの小説は僕も読んでいるので気持はわかる。でもこの場合、もし彼女が『夜の果てまで』を読んでいれば、その言葉、そっくりそのままあなたにお返しします、と盛田隆二に向かって言うと思う。リアリズムとは、リュウジ・モリタ、あなたの小説のためにある言葉でしょ。

僕は今回『夜の果てまで』を、主要な登場人物とストーリーの展開以外にいったいどんなことが描かれているのかメモを取りながら読んだ。すると半分も読まないうちにメモ用紙二枚がびっしり埋まってしまった。花見、夏祭り、ヘビ女、花火大会、集団面接、内定式、教育実習、卒論、コンビニのレジ、マクドナルド店内、市場の様子、虫食算、スケートボード、みそラーメンの作り方、シンナーの吸い方、居酒屋での女のひっかけ方、TVゲーム、CDのタイトル、本のタイトル、霊感商法、セックス、売春、淋病、サッカーの試合、サッカーの練習、北海道の方言、鹿児島の方言、耳の遠い老人たちのお喋り、中学生のあいだで囁かれているジンクス、その他その他その他。

本人も言い逃れはできないと思う。『夜の果てまで』の作者が異様な記憶力を発揮していることは間違いない。人の目に見えるもの、耳に聞こえるもの、鼻で嗅げるもの、舌で味わえるもの、肌で触れられるもの、思考、感情、予感、直感、どんなに些細なことも見逃さず記憶を総動員して、盛田隆二はそれらを言葉で表現しようとしている。つまりリアリズムを徹底して貫こうとしている。まるで現実をまるごと長編小説の世界に移し替えるかのように。

ということであれば(あるのだが)、この物語が一般の常識に逆らって、登場人物が失踪する前日までで終わっているのは、むしろ理屈に合っている。なぜなら、もう書くことはないからだ。書くべきことは一から十まで書きつくしてしまっているからだ。

涌井裕里子が失踪する当日の、一年前から前日までのあいだを作家はことごとく書き、読者はことごとく読まされ、もうそこには解くべき謎も、謎のようなものさえもひとつも残ってはいないからだ。

この小説を読み終えた読者はこう思うはずだ。おそらく、夫の涌井耕治は失踪した妻をもう探さないだろう。彼女がなぜ失踪したか理由はわかっているし、たとえどこに誰といるかが知れたとしても探し出したり連れ戻したりしないだろう。ただその後の「失踪宣告申立書」を提出するまでの七年間を待つことしかしないだろう。

登場人物が失踪する小説でありながら、『夜の果てまで』が失踪後を描いた小説でないのはそのためだ。小説が終わった時点で、夫も、作家も、読者も、失踪した涌井裕里子の行方を知っている。もともと描く必要がないのだ。

結局のところ、『夜の果てまで』は誰にも探されることのない失踪者を描いた小説である。

誰にも探してもらえない。

それが盛田隆二という作家の目がとらえた失踪の現実である。この作家の関心は失踪の謎や理由にではなく、失踪する・せざるを得ない人間と、その周囲の観察に集中している。だから、もうここまで、これ以上は要らないという日付で小説は終わってしまう。また同時に、これ以外にはない、誰にも探されなかった失踪者の証明である「失踪宣告申立書」という一枚の紙切れで小説は始まる。リアリズムとはつまりこういうことをいうのだと思う。

（『夜の果てまで』解説、角川文庫、二月）

約束

映画監督の竹下昌男から「『ジャンプ』を原田泰造で撮りたいんだけど」と電話がかかってきたとき、僕は「あ、そう」と軽くうけながした。そしてすぐにほかの話題に移り(最近見た映画の話、最近見直した古い映画の話)、いつものように長話をして電話を切り、書きかけの小説に戻った。

まともに取り合わなかったのは、話を信用していなかったからだ。

竹下昌男という人間を信用しないのではなくて、彼が自分の映画について未来形で語る言葉(撮りたい、撮ろうと思う、撮れそうだ、撮る)に関しては、これまで一度もあてにできたためしがなかったからである。だから仮に、竹下昌男が『ジャンプ』をレオナルド・デカプリオで撮りたいんだけど」と電話をかけてきていたとしても、同じように、僕は「あ、そう」と答えたと思う。

ところが竹下昌男は今度こそ本当に自分の映画を撮った。

彼がまだ二十代の頃に(僕だってまだぎりぎり三十前だったが)、見ず知らずの人間としていきなり電話をかけてきて、「佐藤さんの『王様の結婚』を脚本に書いたので読んでみてもらえませんか」と言い、あつかましくも、その脚本を持って佐世保まで押しかけてきたのがそもそもの始まりだから、竹下くんとのつきあいはもう二十年になる。いわば『ジャンプ』は二十年目にして初めて果たされた約束である。

でも厳密に言えば、竹下くんはまだ僕との約束を完全に果たしてはいない。『王様の結婚』の次が『恋人』で、その作品から僕は脚本の直しに参加することになり、次の『スペインの雨』と『Y』では最初からふたりで脚本を書くために佐世保でキャンプを張った。二十年のあいだに、約束の内容はしだいに変化して（変化していったと思う）、単に彼が僕の小説を原作に映画を撮るというだけではなく、

一、僕が書いた小説を原作に
二、竹下くんと僕とで脚本を書いて
三、竹下くんが映画を撮る

と箇条書きにすればそういうふうに固まっていた。その固まっていたはずの約束に照らせば、今回の『ジャンプ』では二の条件がクリアできていない。

裏話をすると『ジャンプ』の撮影が本決まりになるまえ、竹下くんと僕は共同で脚本を書くつもりでいた。そして映画の冒頭を、原作の小説にはまったく描かれていな

い、鈴乃木早苗(牧瀬里穂)の部屋から始める予定でいた。出勤まえの朝。歯をみがいている早苗。湯気をたてている薬缶。テーブルでひとり朝食をとっている早苗。テーブルの上には(たぶん夜のうちに書かれた)一通の手紙が載っている。その手紙をバッグに入れて部屋を出る早苗。出勤風景。駅から会社まで歩く早苗。途中、郵便ポストの前を通り、立ち止まらずに手紙をその中に投函する。そして映画のタイトル。

だが脚本のオファーは僕たちの頭ごしに誰か別の人のところへ行ってしまった。その時点で、映画『ジャンプ』の少なくともストーリーに関する部分は、竹下くんと僕とで考えていたのとはまるっきり違う方向へ動き出した。

残念だが仕方ない。おかげで僕はいま自由のきく立場にいる。自分が書いた小説を他人にいじられた原作者としてものを言うことができる。その気になれば、この映画の、演出ではなく脚本のなまぬるさをいくらでも指摘することができる。

でもそれはしない。この映画については、撮影され公開されることを祝福する以外に僕は何もしない。なぜならこれは竹下昌男初監督作品の映画であり、彼は僕の長年の友人だからである。そして竹下監督の演出の力量については、友人の僕がいま何を言おうと聞かされる方はしらけるに違いないが、いずれ見る人が見て確かな評価が下されると信じるからである。僕が彼に望むのは、映画を撮り続けること、撮り続けるなかで一本でも先にあげた三つの条件をクリアできる作品を実現させること、つまり彼が二十年前に僕の前に現れたときから続いている約束を、できれば今後も忘れずにいてほしいということだけだ。

（映画『ジャンプ』パンフレット、五月）

お国自慢

国立公園にも指定されている海山の自然に恵まれていて、新鮮な魚や貝や野菜や果物が簡単に手に入り、一年を通じて気候は穏やか、市街地は清潔で、季節ごとの祭りやイベントのたびに結構な人出があり、ハンバーガーやタコスやカレーやラーメンのうまい店を数えればきりがなく、九十九島せんべいやチョコローゼやピーナツ大福といった地元の名菓もなかなかいける。市内にはハウステンボスも西海パールシーリゾートもある。桜の名所もコスモスの名所もある。立派なコンサートホールも図書館もある。映画館はいつ行ってもすいてるので楽にすわって見れる。文句のつけようがない。

その気になれば佐世保には自慢の種が山ほどある。いまあげた一つひとつを本気で自慢しようと思えば、それぞれについて一冊本が書けるくらいである。でも佐世保市民は誰もそんな本は書かない。もちろん僕も書くつもりもない。なぜならそれは市民にとっての日常だからである。ごくあたりまえの、生まれたときからもともとそこにある、空気みたいなものだからである。吸い慣れた空気を有り難がる人はいない。空気を自慢しようと考える人はもっといない。

だから佐世保市民はおおむね、悠然とかまえている。他所から来た人にはそう見える。

「いい街ですねえ、佐世保って」

「え？」

そんな感じである。

人々のそういった、おっとりした風情みたいなものが、実はいちばん自慢に値するのではないかと僕は思っている。もちろん、佐世保には二十万以上の人口があって様々な人が暮らしているわけだが、その一人ひとりの個性や履歴を横に置いて、長年この街の空気を自然に吸って育った人々、つまり山ほどある自慢の種をあたりまえの日常としていまも暮らしている人々の、性格、心性、市民性、何でもいいけれどそういうものに焦点をあてて言うと、やはり悠然とかおっとりとかの言葉がふさわしいだろう。

で、考えてみれば、悠然とかおっとりとかいう美質はいまや一個人の性格の中にはなかなか見つけにくい。より早く、誰よりも先に、我がちに、といった抜け目のない世の中である。またそうでなければ人は（佐世保でも）生きてゆけない。悠然とかまえていれば時代の流れに置いていかれる。おっとりとおめでたいの区別はもうつかない。だからこそ、街全体、人々全体のかもしだす風情としてそれがあるのなら、この美質は自慢に値すると思う。

（『小説すばる』五月）

エアロスミス効果

長編小説を一つ書くあいだ一枚のCDを聴き続ける。聴きたおす、とか、聴きつぶす、とかいった言葉が(もしあれば)ふさわしいと思えるくらいに聴き続ける。

小説を書いている最中に聴くのではなくて、毎朝、目覚めてベッドを降りるとまずプレイヤーのスイッチをONにしてそのCDをかける。とにかく同じアルバムの一曲目から一日を始める。それから柔軟体操をしたり、リンゴを齧ったり、窓の外の景色を眺めたり、電話に出たり、宅配便が届けばハンコを押したりしたあとで、マグカップにコーヒーを入れて机に向かう。そのころにはアルバムの後半の曲が流れている。

机に向かい、後半の曲を聴きながら、タバコを吸う。どうだ？ と自分に問いかける。やれるか？ 今日も昨日の続きを書き継ぐ気力があるか？ だいじょうぶ。やれる。椅子を立ってCDプレイヤーのスイッチを切る。静かになった部屋で再び机に向かい、ワープロの電源を入れる。そして仕事を始める。小説を書く。昨日の続きを今日も書く。

そういった毎日を来る日も来る日も繰り返す。

一つの長編小説を書いているあいだ、一日の例外もなく、半年でも一年でも延々と繰り返す。つまり毎朝一枚のCDを聴き続け、聴きたおし、聴きつぶす。それが小説家としての僕の長年の習慣である。習慣というか、まあ生活の知恵みたいなものである。ベルが鳴ると餌を期待して涎をながす犬のように、条件反射的に、そのアルバムがかかるといま取り組んでいる長編小説のことを考える、もっと言えば無性に続きが書きたくなる、そんな状態に自分を持ってゆく。そうやってほぼ二十年、小説を書いてきた。

たとえば、むかし『放蕩記』という小説を書いたときにはシンディー・ローパーのアルバムを聴いた。『彼女について知ることのすべて』という小説を書いたときはバッハで、『取り扱い注意』という小説を書いたときにはユニコーンの『服部』だった。で、エアロスミスは、『Y』という小説を書いているあいだ毎朝聴き続けた。

でもエアロスミスについて言えばそれだけでは済まなかった。「パブロフの犬」の鳴り響くベルの代用として、小説家の生活の知恵としてそのアルバムを毎朝かけ続けたというだけではなくて、エアロスミスは、長編小説『Y』を書き続ける、そして書き上げるための、もっと別の意味合いでのささえにもなってくれた。

当時、僕は四十三歳で、自分を中年だと感じていた。あたりまえだ、四十三歳が中年じゃなくて何なんだ、と思われるかもしれないが、でもあたりまえであることと、自分で自分が中年だとはっきり認識することは話が違う。二十代でデビューして、小説を書き続けて、それ以外には何もしないで、いつのまにか自分は中年になった。もう若くない。相変わらずひとり者で気ままな暮らしを続けてはいるけれど、もう本当に若くない。そう認識したうえで、小説のおもな登場人物を自分と同じ年齢に設定した。

僕は「中年の小説」を書こうと考えていた。今回はとりあえず若い人のことはどうでもいい。自分がもう若くはないと自覚した人々の小説を書く。もう若くはない人間として、生きていく、死なないで生きていく、覚悟を決めた男女の物語を書こうと僕は思った。

そしてそれを書いてゆく途中で何度も気持がくじけかけた。書いても書いても無駄かもしれない。こんなもの、誰にも読んでもらえないかもしれない。むろん、気持がくじけそうになるのはどんな小説を書いているときにも必ずあることなので、小説家の年中行事といえば年中行事なのだが、でも『Y』の場合は特別だった。なにしろ自分がもう若くないことを自覚して初めて取り組んだ小説なのだから。

ここまでかもしれない、と毎日のように思った。これ以上先へは行けないかもしれない。若い頃の体力も、ガッツもいまの僕には欠けている。どうだ？という自分への問いかけに今朝は、だめだ、と答えてしまうかもしれない。そんな弱気の虫にとりつかれながらも、僕は毎朝ベッドを降りるとエアロスミスを聴き続けた。そしてエアロスミスの力を借りて、気力をふるいおこして、ワープロのキイを叩き続けた。

エアロスミスの力を借りて、ということの意味をうまく説明するのは難しい。特に若い人には難しい。たとえば『Y』の登場人物のひとり、四十三歳の女性は主人公に向かってこんな台詞を吐く。

あたしたちの年代の人生はもうあらかた勝負がついてしまった。ときどきそう思ったりする。朝目覚めて、トイレの便座に腰かけていてふと、そんなふうに感じている自分に気づくことがある。普段は鏡を見てまだいけると言い聞かせているのに、気持ちも身体もずっしりと重たくなって動きだす気力すらない。（……）いつから自分はこんなに冷めちゃったのかって思う。毎朝毎朝思ってもどうしようもないことばかり思う。そんなとき薬に頼ったりもする。なんとかトイレの便座から離れて、顔を洗って化粧をして通勤の服に着替えて、また新しい一日を始めようと気持ちをかきたててくれる薬を。エアロスミスもそれと同じ。アルバム一枚聴き終わると、どうにかこうにか立ち直れる。

ひょっとしたら彼女と同じ年代の人には(少しは)わかってもらえるかもしれない。僕にはよくわかる。自分で書いた台詞だからというのではなくて、彼女は実は僕自身だからである。エアロスミスの力を借りて、朝の重い気分を立て直す。僕は自分がやったことを小説の中で彼女にもやらせた。彼女の長台詞の中には、当時の僕自身の朝が記念碑の文字のように深く刻み込まれている。

毎朝コーヒーを沸かして机に向かい、タバコに火をつける頃にちょうど「The Other Side」という曲が流れるのだった。そうなるように時間を調整しているわけでもないのに、毎朝、そのタイミングでその曲が(テイク・ミー・トゥー・ジ・アザー・サイドという歌詞が)聴こえてくるのだった。その繰り返しは次第にある種の効果を僕にもたらすようになった。なったと思う。ここから向こうへ、この退屈な現実からいま書いている小説の世界へ、境界線をひとまたぎに跳び越えてしまう魔法の薬のような効果を。僕は毎朝、その曲を聴き終わると椅子を立ちCDプレイヤーのスイッチを切った。そして静かになった部屋で再び机に向かい、昨日の続きを書くためにワープロの電源を入れた。

そうやってエアロスミスの力を借りて僕は長編小説『Y』を書き上げることができた。と言っても決して言いすぎにはならないと思う。だから僕はエアロスミスに感謝している。いまだに特別な思いで感謝している。

ちなみに裏話を一つすると、『Y』を書き出す前にエアロスミスの『BIG ONES』というアルバムを勧めてくれたのは、僕の地元佐世保のバーでたまたま隣合わせにすわった若いカップルだった。彼らがメモにまで書きつけて強力に推薦してくれたおかげで、僕は迷わずそのCDを手に入れ、聴き続け、力を借りることができた。もう顔も憶えていないけれど、遅ればせながら、この場で感謝の意を表しておきたい。若いカップルにも支持され、同時に中年の力にもなり得るエアロスミス、そのメンバーがまさか日本語の読み書きが出来るとは思えないので、せめて、この文章が若いふたりの目に触れますように。

（『エアロスミス・ファイル』シンコーミュージック、七月）

二〇〇五年

僕の一日

なんか愛想のない円グラフになりましたが、説明します。

これは締め切りの原稿を書いて送った日の深夜から、翌日の夜中までの一日の過ごし方である。だいたいこんなふうになる。

まず睡眠時間がやたらと長いのは、寝つきが悪いからだ。午前三時から四時のあいだにベッドに入り、そのあと朝まで眠れない。朝が来るまでのあいだに、ベッドを降りてベランダに出てタバコを吸ったりする。タバコを吸ううちに、送ったばかりの原稿の細かいところが気になりだして、仕事場に戻り、ゲラが出たら書き直すためのメモを取ったりもする。そこまで含めての睡眠時間である。

翌日は午後一時から二時のあいだに起きる。

そこから外出の準備に入る。これも準備にしては長すぎるようだが、新聞を読んだりコーヒーを飲んだりドーナツを食べたり、パソコンでメールを読んだり毎日やることも含まれている。返事を書くべきメールには返事を書く。返事を書かないメールというのは、担当の編集者以外からのもの、つまり毎日届く迷惑メールと、たまに届く見知らぬ読者からのメールのことである。前者については言うまでもないが、後者については、気まぐれに返信すると、自然、再返信を期待する気持が生じ、でも音沙汰のない場合と妙になれなれしい再返信が来る場合と二通りしかなく、どっちもいい気分はしないのでもう書かない。わがままなのはわかっている。そのあとシャワーを浴びる。で、昨日終わった仕事から次の仕事へ頭を切り替えるために、散歩に出る。

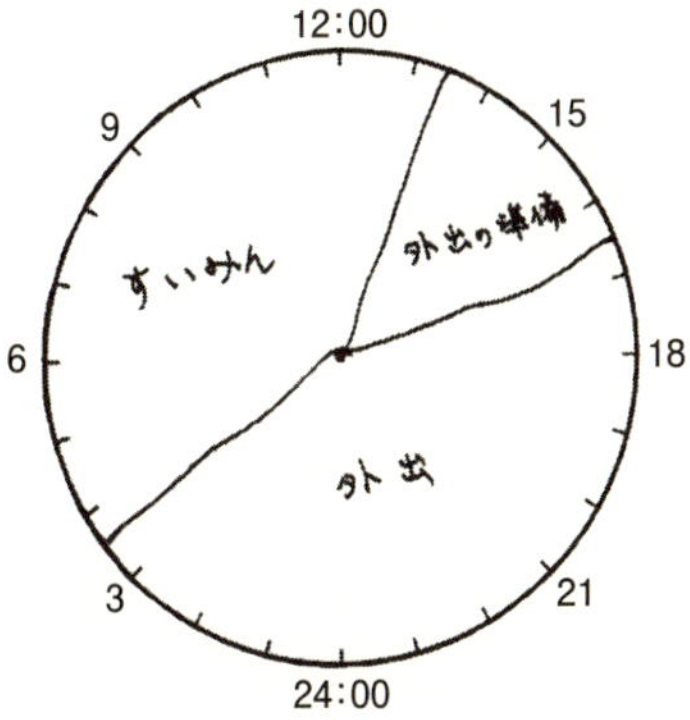

日が暮れる前に近くの公園まで歩き、草野球をやっていればその試合を見物する。芝生の上にすわって、照明がともりナイターになるまでぼんやり眺めていることもある。図書館に行くこともある。閲覧室の机で、他人の書いた小説を読み耽ることもある。アーケードをぶらつくことも、安売りの電気屋さんや百円ショップを覗くこともある。すると夜もとっぷりくれて、いつのまにかネオン街を歩いていることに気づく。

そこらへんをひとめぐりかふためぐりか歩いて、

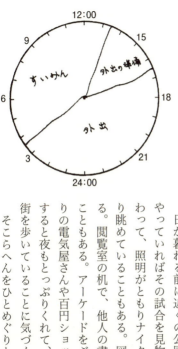

知り合いに会わなければひとりで晩飯を食って帰る。でも大抵ふためぐり目には知り合いにつかまる。知り合いがつかまる。どっちでもいいけど、そこからだらだら長い夜になる。ふと気づくと日付が変わっている。ここには書けない、というかおてんとさまに顔向けできないような出来事があったりなかったりして、帰宅するのが明け方。次の仕事のことを思い出しながら着替えてベッドに入る。（『小説すばる』三月）

目覚まし

これまでの人生でラジオとどんな関係を持ってきたか？　アンケートというか宿題というか作家の実力判定テストというか、まあ単に原稿依頼だと割り切る人がいても全然かまわないけど、そういう問いがあってはじめて普段は眠っている記憶を揺り起こすことになる。こんな設問、自分で自分に向けては(たぶん)一生考えつきもしない。

そういえば中学の頃にはラジオの深夜放送というものをよく聴いていた。高校、大学のときにも聴いていたと思う。オールナイトニッポンとかパックインミュージックとか番組名はとりあえずここに書けるけれど、ＤＪの名前は思い出せるかぎりでも数が多すぎるのでいちいち書き出せない。そのＤＪたちが本当に自分で自分のことをＤＪと呼んでいたのか、パーソナリティーとかナビゲーターとか進行役とか、番組の終わりに「お相手は誰々でした」と断るように「お相手」と呼んでいたのかもよくわからない。

その話とは別に、名前で特に記憶に残っているのは、タカハシモトコという人で、その人の番組に吉田拓郎がゲストで出た回をふたりのやりとりの内容まで憶えているのだが、それがいつごろのことなのか、その番組を毎回聴いていたのかその回だけたまたま聴いたのかは思い出せない。あと、ヌクミズユカリという人が片岡義男と掛け合いでやっていた番組があり、それは大学をやめてぶらぶらして小説を書き出す直前ごろの時期で、放送の時間帯は真夜中で、毎週楽しみに聴いていた憶えがあるのだが、こっちはふたりがなにを喋っていたのかはひとつも思い出せない。

小説を書き出してからは毎朝、十一時から始まる番組を聴いていた。これは一日も欠かさず聴いた。その時刻にタイマーをセットして、ラジオの音で、というかその番組のDJの声で目覚める習慣があったからだ。でも番組名も人の名前も憶えていない。大きめの飴玉を口にふくんで、ふくんだまま流暢に喋ればこういう声になるのではないか、と思わせるような特徴のある女性の声だった。頭を空にして、耳をすませばそれはいまもよみがえる。当時はその人の声を聞くと、さあ、小説を書こうという気になった。

いまは目覚ましのラジオはやめている。目覚ましの音で起こされる人は、自然に朝目覚める人よりも寿命が短いという説をいつか聞いて、あり得るな、と思ったのでやめている。深夜のラジオもまったく聴かない。聴かない代わりに何をしてるのか？

それはまた今度、そういうアンケートの機会に答えたいと思う。

（『小説すばる』七月）

二〇〇六年

夢へのいざない

二〇〇〇年に『きみは誤解している』という本が出て、はじめて牛尾篤にカバーの装画を引き受けてもらった。そのとき僕はぼんやりしていて絵の持つ力に気づかなかった。いい本に仕上がったという手ごたえはあり、人にほめられもしたのだが、その「いい本」を支えているのはすべて小説家の文章の力だと思っていた。ぼんやりで、愚かで、傲慢である。

いまは違う。今世紀に入って『ありのすさび』『象を洗う』『豚を盗む』と三冊、牛尾篤の版画入りでエッセイ集が出て、そのたびに好評を得た。いい本ですね、と人は言う。その「いい本」というほめ言葉の重心は、小説家よりもむしろ装丁家・版画家の仕事のほうにかかっている。それがなぜわかるかと言えば、僕自身、それらの本をときおり取り出して「見る」ことがあるからである。文章を読み返すよりもただ本に触って、牛尾篤の絵を見て、時間を忘れる。そういうことがたびたびあるからだ。

二〇〇五年、「いい本」の決定版とも呼べる『花のようなひと』が出版された。これはまさに見るための本、読みふけるよりも見とれる本である。牛尾篤の描いた絵が小説家の短文などかすませてしまい、頁をめくるごとに人を現実の外の世界へ連れ出してくれる。自由にのびる線と、気品ある色彩。そしてなによりも夢へのいざない。これが僕にとって彼の絵の最大の魅力で、たった一枚の絵を見て、見とれるうちに時間の経つのを忘れるのもそのせいだし、最初に絵の持つ力と言ったのはそういうことでもある。

（牛尾篤展「Ｂｕｃｈ ｍｉｔ Ｂｌｕｍｅｎ〜本と花と」リーフレット、一月）

二戦二敗

後ろから二列目の席で映画を見ていたら、いちばん後ろの列にすわっていた高校生くらいの少女が、突然そばに寄ってきて「助けてください」と怯えた声を出すので、こちらもびっくりして訳を聞いてみると、悪い男が隣にいてさっきからからだに触ってくるのだと言う。それで映画を見るどころではなくなって、少女に付き添ってロビーに出て自販機の温かい飲み物を飲ませ、気持をおちつかせたあとで館主を呼び、こういう事情なのできょうはもう映画を見るどころではない、この子もあたしも、特にあたしはこのあと予定があるし、また日を改めて見にくるから料金を払い戻してほしいとかけあったが、むこうはそれはできかねると答えた。どう思う？　払い戻すのがすじじゃない？

という話を知り合いから最近聞かされたので、その知り合いに、まずそのとき上映されていた映画のタイトルはなんだったのかと訊ねたところ、ほんの一瞬、間があったのち「あなたを話し相手に選んだのが間違いだった」と言いたげな目つきになり、もういい、この話の論点はそんなことじゃない、映画のタイトルなんてどうでもいいのだ、との返事で、そのあと徐々に聞き出そうと思っていた詳細(自販機で買った飲み物の種類とか)についてはもう話してもらえなかった。

で、仕方ないので、他人にふりかかった災難を興味深い実話としてここに書く下心は捨てて、これは確かにむかし映画館に自分で見に行ったし、タイトルも憶えている、という古い映画を思い出して書くことにする。正確には、見るつもりでは行ったけれど見はしなかったという話になる。

わざわざ映画館に入って上映されている映画を見ずに出た経験がこれまで二回ある。

一回目は二十歳前後の学生の頃。当時はまだ小説は書かず、読んでばかりいて、その日も徹夜で夏目漱石の(と仮にしておこう)小説を読み、朝になっても読み続け、そろそろ眠気に襲われる時間にアパートの隣人がやってきて、前売りのチケットが一枚余っててもったいないから一緒に行かないか? と誘ってくれた。で、その気になって見に出かけたのが『ゴッドファーザーPARTⅡ』である。すごく長い映画だったという印象がある。横で見ていた友人の証言では、映画が始まってまもなく僕は目をつむり、そのままエンドロールが流れるまで目を開けなかったそうである。ああ、と声をあげて背伸びをして、よく寝たなあ、というのがこの映画に関する僕の感想だった。

もう一本は『それから』という日本映画で、これは一九八五年の大晦日に見に行って寝た。当時はもう小説を書いていたので、その日も夕方まで長編の続きを書き、夜になって友人たちに誘われて外で酒を飲み、揃って初詣に行く前の時間つぶしに映画館に入った。仕事疲れはあるし酒は飲んでたいがい酔っているし、おまけに館内の暖房は効いているしで眠くならないわけがない。正午さんの鼾がうるさくて一緒にすわってるのが恥ずかしかったと、あとで友人たちに責められて、なんだか申し訳ない気はしたものの、映画を見逃したことについては、まあいいか、夏目漱石の『それから』ならむかし読んだことあるし、というのがこのときの僕の感想だった。

後日談がある。『ゴッドファーザー』はのちにPARTⅢまでビデオでまとめて見直して、しらふで見たせいか眠気はまったく催さなかった。『それから』のほうは、それきり忘れてしまっていたのだが、昨年の暮れ、DVDを売ってる店で別に探したわけでもなくたまたま目にとまり、これもなにかの縁だろうと思い買ってきた。で、大晦日の晩に、あれから二十年もたっているのでいまは誘ってくれる友人もいないし、今度は自宅でひとりで酒を飲みながら見ることにして、それで再確認できたのだが、この映画は、大晦日には向かない。

監督の演出というか役者の演技というべきか、台詞は聞き取りやすく、喋る早さにも遅さにも文句はないけれど台詞と台詞のあいだ、間がたっぷりととられ、つまり沈黙が長く、まるで森田芳光からも松田優作からも夏目漱石からも、眠りたいやつは眠れ、おまえなんかの見る映画じゃない、と挑発、または意地悪されているかのように感じる。そう感じたので、日ごろ飲み慣れない日本酒を飲みながら、その手に乗るかとこっちも意地になって見続けたのだが、百合の花をあいだにはさんで松田優作と藤谷美和子が正座して向かい合う場面で目がとろんとしてきて、やがて気がつくと年が明けていた。『それから』の勝ちである。

こうして僕は一九八五年と二〇〇五年と二度にわたり、大晦日に『それから』を見かけて寝た。見かけただけで「見た」わけではないので、これが誰がいつ見ても眠くなる映画だというつもりは毛頭ない。ＤＶＤを買って持っているくらいだからそんなことは言わない。ただ、大晦日の深夜に酒を飲んで、あえてこれを選んで見るのは自重したほうがいいかもしれない、くらいのことは、まだ見たことのない人がいたら助言しておきたい。

（『小説すばる』三月）

［解説］

私事——野呂邦暢『愛についてのデッサン』——佐古啓介の旅

一九七七年、五月。正確な日付は五月十日、火曜日、書店で『諫早菖蒲日記』を手にしてはじめて野呂邦暢という作家の名前を知った。そのとき僕は二十一歳で、まだ学生だった。火曜日に買った本は十五日の日曜日までかかって読み終わった。当時使っていた学生手帳のカレンダーに鉛筆で書き込んでいるので間違いない。いま『諫早菖蒲日記』の単行本の奥付を見ると、発行日が四月二十五日(第一刷)とあるから、一般の書店に並んでまもなくこの本とめぐりあったことがわかる。

一年後の一九七八年。四月三日、月曜日、僕は諫早に住む野呂邦暢にファンレターを書いて投函した。四月十三日、木曜日、返信が届いた。学生手帳にはそういった短い書き込みしかないので、あとは自分でよみがえらせた記憶だが、手紙は出版社気付ではなく直接、作家にあてて送った。『諫早菖蒲日記』のあと、取りつかれたようにかたっぱしから探して読んだ『海辺の広い庭』にも『鳥たちの河口』にも、単行本の巻末に作家の「現住所」が印刷してあり、若い僕は遠慮や礼儀というものに無縁だった。もしそれがすでに旧住所になっていれば宛先不明で戻ってくるだけだと考えたのだろう。僕が送った手紙は横書き用のレポート用紙に鉛筆で細かい文字をびっしり縦書きにしたものだった。夜中から朝までかかって数枚書いた。野呂邦暢から届いた返信のほうは、小説用の原稿用紙一枚に、明るい青のインクで書かれたのびやかな文字が躍っていた。僕は心に浮かぶまま、野呂邦暢の小説について、特に『諫早菖蒲日記』の感想をおもに書いたと思う。野呂邦暢は、君はまだ若いから、目と歯の丈夫なうちにもっとたくさんの本を読んだほうがいい、みたいな助言を書いてくれていた。君はまだ若いと書いた野呂邦暢はこのとき四十歳である。目も歯もまださほど衰える年ではなかったはずだ、といまになって気づく。

でもそれから二年後に作家が急死することを考えれば、十八歳年下の学生として僕がこのとき受け取った助言はまた別の意味を持つかもしれない。作家がみずからの早い死を予感していたとか、そんな謎めいた話ではなくて、僕が単に言いたいのはこれが(作家と学生との一回きりの手紙のやりとりが)、はたして現実にあったことなのかどうか、非常に心もとないという意味だ。学生手帳の書き込みをきっかけに僕がよみがえらせたのは、本物の記憶ではなく、実は、あれから三十年ほどたつうちに僕が、野呂邦暢という作家を大切に思うあまり、自分に都合よく捏造した記憶なのかもしれない、そう疑ってみる余地があるということだ。

だいいちなぜ、当時の学生手帳のようなろくでもない代物まで大事にとってあるのに、肝心の、野呂邦暢から届いた手紙の現物が手もとにないのだろう？　二冊の学生手帳の埃をはらい過去の書き込みを読み返したきょうのきょうまで、僕は若い自分が『諫早菖蒲日記』を一夜で読みあげ、強い感銘を受け、眠れぬまま作家に手紙を書いたように記憶していた。いわば記憶を美化していた。『諫早菖蒲日記』を読んでから手紙を書くまでまる一年が経過しているのに。

僕が野呂邦暢に手紙を書いて送りつけたことは、あるいは事実かもしれない。野呂邦暢に書いた手紙というよりも、野呂邦暢の小説の魅力について、ただやみくもに、若さと体力まかせに書かずにいられなかった文章を、たまたま作家の住所が知れたので折り畳んで封筒に入れた、そういう経緯だったとしても。でも、十日後に受け取ったという返信のほうはどうなのか。一九七八年の学生手帳には「野呂邦暢から返信」と書き込みがあるにはあるけれど、それはそう書かれているだけの話で、実のところは、当時の青年の頭のなかにあった予定(十日くらいで返信が届くかもしれない)、もしくは強い願望(届いてほしい)が、カレンダーに鉛筆で記されているに過ぎない、とも考えられる。二十二歳の学生の目には、三十代より上の大人はひとくくりに年長者に見なされたに違いないし、白昼夢としての手紙のなかでなら、作家が年齢のさばを読んだ助言をしたとしても不思議ではない。あれから三十年の月日が流れたいま、そうではなかったとはもう誰にも証明できない。

こうだと言い切れるのは、二十一歳の僕が『諫早菖蒲日記』をはじめて読む野呂邦暢の小説として読んだ事実、それを皮切りにしてほかの小説を探し続け、白昼夢と現実との区別もつきがたいほどに野呂邦暢の小説を読み耽った事実、そしてそれらの本をいまもそばに置いているということだ。

寺社は梵鐘を供出し、鋳つぶして大砲にする。みなひと心をあわせて国のそなえに力をそそいでいる。単衣をあきらめるのも武士の娘であれば当然である、と母上はおっしゃった。私は少し泣いた。絞りはいらぬ、鹿子でも有松でも欲しくもない、夏じゅう黄八丈でがまんすると申し上げた。母上はやにわに物差で私の膝を打ちすえられた。武士の娘がそんなにききわけの悪いことをいうとはけしからぬとの仰せである。

ここに出てくる私は『諫早菖蒲日記』の主人公、十五歳の少女である。夏物の単衣を新しく縫ってもらえると期待していたのに、家計の事情で、母親は古着を解いてそれを仕立て直すという。で、私は少し泣いて、すねて見せる。すると母親はまずとりあえず手近にある物差で少女の膝をたたく。そのあとで、武士の娘がうんぬんとお決まりの説教が来る。また次の引用は、母親の留守中に、退屈をもてあました少女が鏡台の前にすわり、つい化粧に熱中してしまう。やがて我に返った娘は、母親が帰宅する前に「湯殿にかけこみ、おおいそぎで化粧をおとした」。その直後にこう書かれる。

夕餉の膳についているとき、私は何気なく、鏡台を見てご飯がのどにつまりそうになった。顔をあらうのに気をとられ、鏡に覆い布を元通りかけておくのを忘れていた。さいわい母上は鏡台に背を向けておられる。夕餉が終るまで私は自分でも何を食べているのかおぼえていなかった。母上が膳部を台所へ下げられたすきに、私はとんでいって覆い布をかけた。父上は楊枝をつかいながら私をだまって見ておられた。

野呂邦暢の最初の本『十一月 水晶』から『諫早菖蒲日記』までを読んだ人なら全員が賛成するはずだが、この作家の小説のいちばんの美質として、なにより先に読者が感じ取れるものは詩情である。万年筆のキャップをはずし、原稿用紙にたった一行でも文を書けばそれが詩になる。野呂邦暢はそういう魔法を身につけた作家だった。また野呂邦暢という作家は、誰よりも海や川や草木や風や光や土を愛し、誰よりもその自然を巧みに描いてみせた。その点も忘れずに強調しておくべきだろう。でもそういった文学的に高い評価とは別に、若い僕をとらえた彼の小説の魅力は、いま引用した二箇所の文章にもはっきりと見てとれる。豊かな詩情や、明晰な自然描写ならほかのページにもたくさん詰まっているが、ここには、笑いがある。地に足のついた、人の生活に根ざした笑い。作家に不可欠なユーモアのセンスという話をしたいわけではなくて、登場人物の日常を見つめるまなざしの、繊細さとか優しさとかの話にこれはなると思う。むろん若い僕は読んで笑いを誘われたのだが、笑った直後に、ページを繰る手を止め、同じ箇所をもう一度読み返して、あるいは本から顔を上げてあたりを見渡して、感じ取っていたのはたぶん、作家の繊細なまなざしをなぞることで読者にもたらされる、さっきまでとは違う新たな自分が生きているという実感、のようなものだったろう。

さて。

ここからこの本『愛についてのデッサン――佐古啓介の旅』の話になる。

これは野呂邦暢の死の前年、一九七九年に出版された長編小説である。タイトルおよび副題から明らかなように恋愛と旅を主題に書かれ、六つにわかれた章をただ読めばわかることなのでいちいち説明はしないが、「詩」と「謎解き」が小説の仕掛けとして(ほぼ一貫して)用いられている。読めばわかるという同様の理由でストーリーの説明も不要だろう。僕がひとこと触れておきたいのは、初期の作品から『諫早菖蒲日記』までを繰り返し読んできた読者の目には(つまり僕のことだが)、この小説は野呂邦暢という作家の、変化の予兆をはらんだ作品のように映る、ということだ。ここから野呂邦暢の散文の質が変わる。

啓介は夜行列車のかたい座席で目を醒ました。列車はとまっている。通路にすてられた林檎の皮が甘い匂いを放った。乗客はみな思い思いに体を伸ばして眠りこけている。午前三時をまわったところである。啓介は窓をあけて外をのぞいた。停車しているのは直江津らしい。プラットフォームには白い光がみなぎっており、駅員が一人ぶらぶらと歩いているだけで他に人影は見えない。

なにも変わっていない。野呂邦暢らしい、短い文と文とを正確にきっちりつなげた文章である。ほぞ組、という釘やかすがいを用いない木材の組み立て方があって、これは一方の凹の部分に他方の凸を隙間なくぴったりはめ込むことで微動だにしないつながりができあがる、というものらしい。余計な接続詞のない野呂邦暢の文章を読んでいると、僕はこの「ほぞ組」という言葉を連想し、作家を熟練の職人にでもたとえたくなるのだが、その点は『愛についてのデッサン』でも変わらない。一見、そう見える。

でもなにかが変わりつつある。あえて言えば、野呂邦暢はここから、初期の作品に溢れんばかりにあった詩情を抑えこもうとしているように見える。万年筆のキャップをはずして一行書けばそれが詩になる、という魔法を手放し、「ほぞ組」の職人により徹しようとしているかのように、この小説の文章は僕の目に映る。なぜそんなもったいないことをするのか、理由は野呂邦暢本人に聞かなければわからない。もしかしたら、作家はもっと先の未来を見据えて、この『愛についてのデッサン』に取り組んだのかもしれない。この小説の文章を散文の職人に徹して書くことで、何か未来の大きな目標への第一歩を踏み出していたのかもしれない。つまり、野呂邦暢はここから、もう若くはない年齢を自覚し、やがてかならず目も歯も衰えていくだろう作家として生きる覚悟を決めていたのかもしれない。そのための新しい文体を模索していたのかもしれない。あと十年、寿命があればその成果がいま目の前にあったかもしれない。すべては想像である。現実には、もうどんな質問も彼にぶつけてみることはできない。もう僕がどんな文章を書こうと、野呂邦暢あての手紙にして送りつけることはできない。白昼夢であろうとなんであろうと、手帳のカレンダーに返信の日付を書き込むこともできない。野呂邦暢は一九八〇年五月七日、四十二歳でこの世を去った。その翌年、若い僕は自分で小説を書き出し、五十歳を越えようとするいまも書き続けている。つまりとっくに野呂邦暢の亡くなったときの年齢を追い越している。四十二歳という年齢を、自分が遥かむかし通ってきた地点として振り返ることだけができる。敬愛する作家の本の解説に、最初から最後まで年齢のこと、というより私事を書き連ねるのは、むろんためらいもあるのだが、なによりもまず私事として彼の小説、彼の死が僕の前にあるからである。ひとりの同業者、小説を書く人間としてではなく、現実に目も歯も衰えるまで長生きしてしまった三十年前のひとりの若者として、この作家の小説をいまも読み、また彼の死をどう惜しんでも惜しみきれないからである。

（『愛についてのデッサン――佐古啓介の旅』解説、みすず書房、六月）

忍　者

インターネットで検索して(ざっとだが)調べてみると、いまから四十年前、一九六六年の七月に公開された『大忍術映画・ワタリ』という題名の時代劇があり、これが僕の少年時代の思い出のヒーロー映画のようである。

ようである、というのはもちろん、遠い昔の記憶なのでこれが確かなのか心もとないという意味で、じゃあどうやって検索したかというと、ワタリという主人公の少年忍者の名前を検索語にしてクリックしてみたのだが、そもそもこの「ワタリ」という名前が正しいのかどうかも自信がない。でもこの映画には、僕の記憶によれば主題歌があって、歌詞の一部に「♪ワタリ〜　ワタリ〜」と繰り返される箇所があったような気がするし、実際にこの名前から『大忍術映画・ワタリ』という映画にたどり着いたのだから、きっと間違いではないのだろうと思う。ちなみに原作は『少年マガジン』に連載されていた白土三平の劇画『ワタリ』ということである。

ただ僕の記憶のなかでは、この映画は三作くらいにシリーズ化されていて題名は

『ワタリ』『続ワタリ』『新ワタリ』といった感じのものだった。それが調べてみて判明した事実は『大忍術映画・ワタリ』という一本だけ撮られた映画だったということは、当時十歳の少年だった僕がこれを気に入って何回も繰り返し見たせいかもしれないし、あるいは、できれば続編を見たいという願望がいま偽の記憶を作り上げてしまっているのかもしれない。どっちにしても、少年忍者ワタリの登場する映画が、少年の僕を強く刺激して一時期、自分は将来は忍者になりたい、と本気で夢見るほど現実ばなれはしていなかったとしても、ちらりと「伊賀の里で修行できたらな」くらいの夢想をしてみたことは事実のようで、いつだったか家族に聞かされた話によると、小学生のときに書いた作文に「忍者」という題でそういう馬鹿なことを書いているそうである。

ちなみにこの『大忍術映画・ワタリ』は二年ほど前にＤＶＤが出ていて、レンタルショップなり通販なりで入手して見直すことができる。正確な事実を尊ぶ人なら、すぐにでも取り寄せて確認するべきところだろうが、僕は思い出を思い出として語っているだけなので それはしない。なにしろ子供の頃の話なので、自分は将来なにかになれそうだ、と複数の夢を見ていられた時代で、そのうちのひとつがワタリであろうとほかの誰であろうと「忍者」であったことは間違いないと思う。

（『オール讀物』七月）

二〇〇八年

〝結婚〟と書いて〝ゴミ袋まであさる〟と読む。

郵便の封を切ろうと机の筆入れに目をやると、鉛筆やボールペンと一緒にそこに立ててあるはずのペーパーナイフが見あたらない。だったら鋏でも自分の指でも使えというのは簡単だが、人には長年の習慣があり、物事には手順がある。験《げん》をかつぐという言葉もある。そこにあるべきものがない、ただそれだけのことが一大異変に思われ、その日は朝から気が動転してしまった。

とりあえず机のまわりを探しながら計算してみると、学生時代から使っているのでもう三十年になる。三十年、届いた郵便の封をすべてそのペーパーナイフで切り続けて生きてきたのだ。仕事部屋を探しつくしてリビングに移動しながら、高価なものでもないし、もし見つからなければ新しいのを買ってさっきの郵便を開封すればいいと自分を説得しようとしても、いやそんなわけにはいかない、あれを使わなければだめだ、三十年続けてきたスタイルをいまさらくずすわけにはいかないという反論がすぐに返ってくる。

リビングから台所、寝室へと捜索場所を移し、汗だくになりながら考えた。大半は脂汗である。こんなことやってる場合じゃない。締め切り目前の原稿がある。でもこのままでは仕事も手につかないのはわかりきっている。見つけるしかない。夜になっても探し続けた。

深夜、仕事場の椅子に戻り、机に未開封の郵便を置いたまま、気を落ち着けて考えてみた。原稿の締め切りは過ぎている。そろそろ電話をかけてくる編集者への言い訳として、「ペーパーナイフを探してました」が通じるわけもないので、この状況を我が事のように理解してもらうためには、突飛だが「長年そばにいた妻が行方不明になりました」みたいなたとえ話を用いるべきだろう。などと考えているうちに、不安にかられて椅子を立った。昼間あちこち捜索するうちに不要なものが目についたので、かたっぱしからゴミ袋につめてゴミ捨て場に運んだのだが、もしかしたらあのなかにまぎれこんでいるかもしれない。

ほの暗いゴミ捨て場で、触ればわかると思って手探りでゴミ袋をあさっていると、佐藤さん、と声をかける人がいる。マンションの管理人さんである。なにしてるんですか、と率直に訊かれて、編集者用に考えた言い訳が頭から離れず、妻が、と口走りかけて、むろん声に出すのは思いとどまったのだが、そのとき、ちらりと、妻に去られた夫の窮状というものを肌で感じたように思った。おれはこんなにもあいつを頼りに生きていたのか？

というわけで、まあいろいろご意見はあると思うが、その一夜の体験を生かして、ゴミ捨て場でゴミ袋をあさることを結婚に見立ててみたい。きのうきょうの結婚ではなく長年にわたる結婚のことである。

なおペーパーナイフは翌日、ソファのクッションとクッションの隙間に挟まっているのが発見された。

（『小説すばる』六月）

二〇一二年

文芸的読書

　今年のあの暑い夏に小さな雑誌社から依頼があり競輪場でインタビューを受けた。現れたのは僕の年齢の半分くらいの若い女性だった。デジカメと、取材用のノートと、僕の書いた本を数冊詰めたショルダーバッグを提げていて、取り出した本にはそれぞれ何枚もの付箋がこれみよがしに貼ってあった。持参した本以外にも彼女は僕の本を読んでいた。そのことは話をしてみるとよくわかった。ちなみになぜ競輪場でインタビューを受けたかというと、ちょうど夏休みを取ってぶらぶらしていた時期だったので、この依頼じたいが面倒で、話が聞きたいなら競輪場にいるから来い、とこちらが言えば、ふざけるな、とむこうは怒るだろう、と予測して場所を指定してみたところ、ほんとに来てしまったのである。

　人目につかないスタンドの隅のほうの席で、三十分ほど相手の質問に答えた。そのあいだに車券がひとつ的中し、自販機の冷たい飲み物を僕がおごった。終わりがけに、小説を書くとき心がけていることはなんですか、みたいなつかみどころのない質問を彼女がした。話芸かな、と僕は思いつきで答えた。思いつきにしても、めったに当たらない車券が当たって気持が優しくなっていたこともあるし、相手を煙にまくとか、方向違いの嘘をついて困らせるとか、そういうつもりはなかったと思う。彼女がメロンソーダの紙コップを置いてノートを手にしたので、僕はもうひとこと親切に続けた。小説を書くときにかぎらず、小説を読むときも、やっぱり話芸かな。

「それは、文芸的に読むということですよね？」

と彼女が発言し、同意をもとめる顔になった。僕はたぶん、不得要領、といった顔つきになったと思う。すると彼女がバッグから『小説の読み書き』という僕の本を取り出してこう言った。

「佐藤さんのおっしゃることわかります。これなんかまさに文芸的な作品ですね」

「まあね」と僕は一拍置いて答えた。不得要領が解消されたわけではなかったが、頭はすでに次のレースの締め切りに向いていたし、同意してすむことなら同意して切り上げるしかなかった。「おおよそそういうことなんだけどね」

「文芸を読んで文芸的に書いているわけですよね」

「はい」

「どうも貴重なお時間をさいていただいてありがとうございました」

と最後に皮肉のまったくまじらない口調で相手が言ってインタビューは終了した。

ところで、話芸とは、たとえば落語のことである。落語とか、漫才とか、言葉を話すことで人を楽しませる演芸、そのものをさして話芸という。でもそれだけではなく話芸にはもうひとつ意味があって、人を楽しませることのできるうまい話し方、のことでもある。話し方しだいで面白くもつまらなくもなる話を、たくみに言葉をあやつって人を笑わせたり、泣かせたりする、その技術、という意味も話芸にはある。この場合、話芸の芸は、どちらかといえば演芸よりも芸事の芸に近い。だから落語家でなくても、人は練習や経験を積んで話芸を身につけることができる。話芸は、みがくことができるし、話芸にたけたり、話芸が達者だったりすることもできる。盗んで自分のものにすることだってできるだろう。話が面白いか面白くないか判断するさい、基準を、話の筋よりもむしろ話の運び、語り口、声の強弱や間の取り方やをふくめた話し方に据えるとき、人は話芸という言葉を使う。競輪場で僕が思いつきで口にした「話芸」は、だいたいそのような意味になる。いま思えばなるような気がする。要は小説の文章のことだと言えばすむことを、適切な言葉が思い浮かばないので話芸に代用したのである。

いっぽう文芸とは、たったいま辞書をひいてみたところ、言語によって表現される芸術のことである。別の辞書には詩・小説・戯曲などの言語芸術とあり、念のため三つ目の辞書にあたると、詩、和歌、小説などの言葉を表現手段とした芸術と説明されている。たぶん何冊辞書を持ってきてもおなじことだと思う。文芸の芸は、芸術の芸だ。しかしポイントは、芸術、というところにあるのではなくて、じゃあ書かれた小説はぜんぶ芸術と呼べるのか？　おまえのもか？　というような問題はいまはどうでもよくて、文芸という言葉には、たとえば小説、そのものをさす意味しかないという点にある。言葉をうまくあやつって人を楽しませる文章の芸、小説を書く技術、という意味には文芸という言葉は使わない。使わないから、文芸をみがく、とはふつうは言わない。無理矢理言えば、それはたぶん、たんに小説を推敲するということになる。あと、もちろん文芸を盗んだりすると、それはすなわち盗作である。

このように話芸と文芸は一文字違いでも言葉の使い道がおおいに異なる。というより文芸は、文芸編集部とか文芸評論家とか日本文藝家協会とかいうときはあっても、「文芸」単独ではほとんど使い道がない。ところが、その使い道のない単独の文芸を、競輪場で話した女性は（話芸の「話」を、便宜的に「文」に置き換えて）使いこなしていたのではないか、そのせいで僕はあのとき不得要領の顔になるしかなかったのではないか、というのが夏休み明けに生じた疑問である。あるいはそもそも文芸という言葉に、僕が知らないだけで、文章をたくみに書く芸、という意味がふくまれているのではないか？　という疑問を立ててもよさそうだが、そっちへ行くと話は長くなるし、そもそもの意味など探らなくても、話芸と文芸、ふたつの言葉を横にならべて、目で見て意味を転がしていれば、自然と置き換えの連想がわくのは止められない気がする。

話芸——人が身につけた話の芸。

文芸——人が身につけた文章の芸。

そういうことであれば、小説について質問を受けたとき、わざわざ話芸などという言葉を使う必要はなくなる。競輪場で彼女が例にあげた『小説の読み書き』という本は、他人が書いた小説を僕がどう読んだか、そのことを書いた文章を収めたもので、文章の芸という意味での「文芸」に焦点をあてて読み書きすることを仮に文芸的というなら、まさに文芸的な作品である。あのとき僕が機転をきかせてそういう意味に「文芸」を聞き取っていれば、彼女の問いかけにもう少し身を入れて答えられたかと思う。

「それは、文芸的に読むということですよね？」

「そうです。小説を文芸的に読んで、なおかつ、自分の書くものも文芸的であることをめざしているわけです」

「すごくわかります」

「いわゆる文芸的読書ですね」

そしてインタビュー記事の見出しには、僕が考案した新語として、その「文芸的読書」が使われていたかもしれない。ところが遺憾なことに、というか小説家としてお粗末なことにというか、秋になって送られてきた雑誌の実際の記事には、場所が場所だから当然のなりゆきではあるけれど、「競輪三昧」の見出ししかなかった。だったらせめて自分で書くものに、というわけで、夏休み明けの最初の仕事、この文章のタイトルがそれである。


（『ｙｏｍｙｏｍ』十二月）

二〇一五年

[書評]

きのう読んだ文庫——吉田修一『横道世之介』

小説を読んでいるとだいたい、まあ小説を書いていてもそれはおなじなのですが、作中の現在進行形のストーリーがあって、登場人物の過去に触れる必要が生じると、途中に過去の場面が回想として挟まれる、という流れになります。だいたいなりますね？

ところが『横道世之介』は違います。回想の代わりに描かれるのは未来です。小説の主人公は大学に入り立ての青年で、そこからずっと先の未来のエピソードが、現在（大学一年生時）の時間の流れを断ち切るようにぽつりぽつりと挟まれていきます。これには小説を読む人も書く人も一様に驚かされます。なにしろ、だいたいの小説とは逆さまなストーリーの語り方でこの小説は書かれているのです。つまり新鮮な手法です。

あと学生を主人公に据えた小説はだいたい、主人公と友人たちとのつきあいが長続きします。もし未来が描かれたとしても、彼らは変わらず友達であったり、再会したりで、過去の思い出に浸ったりします。そしてだいたいお涙頂戴になります。が、その点でも『横道世之介』は皮肉、というか抑制がきいています。

人は、いつのまにか人のことを忘れてしまいます。そして人は年をとると、いつのまにかつきあいの途絶えてしまった人のことを、なにかの折りに(ちょっとだけ)思い出したりします。微苦笑とともに。その程度、それがリアルです。そのリアルさを小説を読んで納得することも、小説に書くこともなかなかの難題だと思うのですが、『横道世之介』はさらりとやってのけます。

この二点、もちろんほかにも美点はありますが、この二点だけでも『横道世之介』はざらにある小説とは異なります。

ざらにない小説を読むことで人はたぶん、小説というものを見直し、もう一冊、別の小説を読みたくなります。なるはずです。ただ僕は小説を書く人でもあるので、ざらにない小説を読むことで自分でも、もう一冊、次の小説を書いてみようとむずむずします。同業者をそんな気持にさせるところもきっと、この小説の持つ力なのだと思います。

(『毎日新聞』五月十日)

作家の口福

1

小学生のとき給食でさんざん苦労した。脂身だらけの肉片が混ざっているのが特に嫌で、献立をいちいち思い出すのも嫌なのだが、担任の先生に、全部食べるまで教室から出るなとか、パンにくるんで呑み込んでみなさいとか、無茶を言われて辛い思いをした。何回も泣いた。まるで拷問だった。

そういう子供が、五十年経って、胃弱の、食の細い作家になってこんなものを書いている。好き嫌いは、いまはたいしてない。肉の脂身はいまでも嫌だが、反対に、どうしてもこれ、これでなければという選り好みもない。母が言うには、あんたのお父さんはツワを煮たのは好物だったけど、フキを煮たのは嫌がって箸もつけなかった、そうである。食への強いこだわり、ということだろう。そういうのはない。ツワとフキの区別もつかない。つけたいという意欲も別にわかない。

僕は佐世保に住んでいて、ときどき東京から編集者が仕事の打ち合わせに来る。行きつけの居酒屋で向かい合って晩飯になる。するとたいがい、どの編集者も生ビールをジョッキで注文する。もちろんそのことに文句はない。飲みたいものを飲めばいい。ただ、季節におかまいなく彼らは生ビールをジョッキで飲む。たとえば真冬の、雪のちらつきそうな夜にも、これは胃弱の作家がおなかに使い捨てカイロをあてている夜にも、とおなじ意味だが、かならず冷たい生ビールを飲みたがる。しかも一杯で足りずお代わりを頼む人もいる。

どんな胃袋をしてるんだよ、と僕は思う。海賊か。九州に遠征した海賊の酒盛りか。僕は人質か？　でもそれは思うだけで言わない。言えば仕事に支障をきたすかもしれないので言わない。海賊のかしらのような飲みっぷりを、黙って見守っている。

小学生のとき、給食が苦手で居残りを命じられる生徒は僕以外にもいたように思う。仲間がいるにはいたわけだが、一方で、そんな同級生を遠巻きにして、あいつらなんで泣いてるの？　と首を傾《かし》げている生徒も大勢いた。毎日の給食が楽しみで、肉も野菜ももりもり食べて、さあ昼休みだ校庭で遊ぼう、泣き虫はほっとけ、みたいな元気で屈託のない子供がいた。

ああいう子供が、こういう不死身の胃袋を持つ大人になるんだろうな、それで年がら年中、居酒屋で生ビールが売れるんだろうな、と納得しながら、こっちは焼酎のお湯割りをちびちび飲んでいる。

2

ツワの煮たのは好物だったけど、フキの煮たのは嫌がって箸もつけなかったと母の言う(もしかしたら僕の聞き違いで、ツワとフキは逆だったかもしれないが)父は婿養子で、祖母はその娘婿のことを陰で、孫に向かい、あんたのお父さんの歩く姿は背筋がぴんと伸びていて恰好がいい、とほめた。ほめたのはその一点のみで、あとは残らずけなした。

なかでも頻繁に聞かされたのは、あんたのお父さんは昔から甘い物好きで、金平糖だのカリントウだの甘納豆だのを自分で買ってきては、それをどこかに隠しておいてひとりで食べる、食べてるとこにたまたまあたしが通りかかって目が合っても、ただの一度も勧めてくれた試しはない、ケチで、気がきかない、という文句だった。これは二百回くらい聞いた。

母によれば、あんたのお父さんは確かにそういうとこがあった、でもこちらからねだると、嫌がるふうでもなく分けてくれた、必ずしもケチというわけではない、ただ夫婦なんだから、妻が言うまえにおまえもひとつどうだ？ と聞いて当然で、気がきかない、という点は否定できない、とのことである。

父は一年前の六月に死んだ。死んだあとに買い置きの甘い物が遺《のこ》った。遺品整理のさいに未開封の袋がいくつも出てきた。

そのなかに「黒砂糖」という名の見慣れない菓子があって、これは袋裏の商品説明から推測すると、サトウキビ原料の黒糖を加工して固めたものらしかった。見た目は、トンカチで岩を小さく砕いたみたいにばらばらのかたちで、何十もの褐色の塊が袋に詰まっている。

こんなものを人はいつ食べるのかと思って聞くと、三時のおやつに、または食後のデザートに、緑茶と一緒にいただく、ということだった。

なるほどと思い、袋を手にためつすがめつしていると、ほしいなら遠慮はいらない、あんたのお父さんが死ぬ直前まで好んだお菓子だと言われて、勢いで一袋もらって自宅に持ち帰った。

持ち帰ったのはいいが、三時のおやつの習慣、というか間食の習慣が、もともとない。食後のデザートという発想もない。夕食後、緑茶を入れて、煙草を吸いながら、もらってきた菓子の袋を前に考えた。

だいたいの味は想像がつく。かたちは岩を砕いたみたいでも、口にするとサクッと老人でも歯が立つほどの固さなのだろう。で、ほどよく甘いのだろう。緑茶の苦みが黒糖の甘みを引き立たせるのだろう。そういうのもわかる。

じゃあ無理に食べる必要もないか、と思い直して袋は開けなかった。だから父の好んだ味は実際には知らない。

3

娘婿の歩く姿だけほめて、あとは残らずけなした祖母は、孫のことは面と向かってほめちぎった。

あんたはお父さんと違って愛嬌がある、ハンサムで、かけっこも速い、勉強もできる、足の親指より人差し指が長いから父親より出世する。子供心にも、根拠のない予言だとわかった。

ほめちぎったわりに祖母は、おもちゃひとつ買ってくれなかった。正月のお年玉さえ忘れるときがあった。祖母が与えてくれたもので唯一思い出に残っているのは、コウセンである。

コウセンとは、いまネットで検索するとはったい粉のことで、じゃあ、そのはったい粉とはなにか？ と掘り下げて聞かれても答えられないが、とにかくそれに砂糖をまぜてお湯で練って食べる。食べるというより飲むのだったか、もう五十年も昔の話だし、記憶は定かではない。子供の頃、その練ったものを祖母がおやつに作ってくれた。あるいは自分で作れと言って、はったい粉と砂糖と湯呑みと割箸を渡されたのかもしれない。お湯だけ沸かしてくれたのかもしれない。

さんざんほめちぎって、コウセンまで食べさせて期待をかけた孫が、大学を中途退学して戻って来ると風向きが変わった。

人の道、という言葉を使って、祖母はよく説教した。祖母によれば、人の道とは、就職と結婚へつながる道らしかった。誰もが歩く道を歩け、ということらしかった。

祖母は信心深く、祖父の月命日とかで毎月、お寺の御前様がお経を唱えにやって来た。前もって仏壇に用意してあるお布施の現金を抜き取って、競輪場に走ったりする孫のおこないを、罰当たりだと言って(もっともだが)大いに嘆き悲しんだ。この年になって身内から極道が出るとは思いもしなかった、と祖母は言った。孫の顔を見るたび、いっそ死んだほうがましだ、とぼやくのが口癖になった。

コウセンは五十年後のいま、市内のスーパーで売られている。いつだったか、買物の途中ふと目にとまり、一袋三百円とかで買ってきた。そのときは、久しぶりに見たコウセンが急に懐かしくて仕方なかった。

懐かしむのも、気まぐれに買ってくるのも簡単だが、なにしろ間食の習慣がないので、いつ食べていいのかがわからない。お湯で練るとたぶん、きな粉に似た匂いがするんじゃないかと思う。まぜた砂糖の甘さと、どろっとした口当たりを感じるんじゃないかと思う。そういうのも想像がつく。

結局、買ってきたコウセンは開けなかった。祖母の思い出の味は、袋詰めのまま台所の隅に放置してある。

4

孫の顔を見るたび、いっそ死んだほうがましだとぼやくのが口癖だった祖母は、それが口癖になってからおよそ十五年、八十八歳まで生きた。四十歳になっていた孫は、自前の喪服がないので貸衣装で葬式に出た。

晩年の食卓はよく知らないが、いまの僕とほぼおなじ年齢で、孫にコウセンを食べさせていた時代、祖母の好物はヌタとショユノミだった。どっちも子供には得体が知れなかった。

ヌタはいま調べると酢みそで和えた魚や野菜のことを言うらしい。祖母は自家製の酢みそじたいをヌタと呼んでいた。で、なににでもヌタをつけて食べた。朝市で買ってきた小鰯《こいわし》を素手で捌《さば》いて、刺身にしてヌタで食べた。あんたのぶんもあると勧められたが、見向きもしなかった。

ショユノミはまったく正体不明の、茶褐色をした気味の悪い異物で、祖母はご飯にのせたり、そこへさらにお茶をかけて食べたりした。白湯のときもあった。おかずはこれしかないと言われても絶対こばんだ。

編集者と居酒屋で一杯やるとき、これは現在の話だが、本日のおすすめに鰯があると刺身にしてもらう。それをヌタとワサビで食べる。いつごろからそんな食べ方が習慣になったのか、全然憶えていない。別に祖母の思い出を大切にして生きているつもりはない。

ショユノミのほうは、やはり編集者と居酒屋にいたとき、モロキュウについてきたモロミを見て、ああこれだ、祖母が昔ご飯にのせて食べていたのはこのモロミだ、つまりショユノミは醬油の実ということだったのか、と非常に個人的で些細な発見があった。はじめてモロキュウを頼んだときではなく、モロキュウなら何百回も食べていたはずなのに、あるときふいにその発見が来た。なぜかと聞かれても答えられない。その晩は祖母の命日で、我知らず祖母のことを考えていた、とかなら話の恰好がつくかもしれない。そういうことにしておいてもいい。

なんにしろ、祖母のヌタの好みは孫に受け継がれた。ショユノミも、モロキュウとしてなら受け継がれた。人生の不思議と呼びたい。

信心深さは母が受け継いだ。

祖父母の祥月命日、父の月命日とかで、実家にはいまだに御前様がお経をあげにやってくる。お布施に手をつけることは、さすがにもうない。極道なまねは卒業した。相変わらず、関心が薄いだけだ。仏壇に向かって手を合わせることに本気を出せないだけだ。そういう人間を祖母や母は極道と呼ぶのかもしれない。いっそ死んだほうがましという祖母の口癖が、母に受け継がれる可能性も、まだ残っている。

(『朝日新聞』六月六日、十三日、二十日、二十七日)

いんぎんといんげん

　この日本で、小説家が本を書くとたいてい、ひとにぎりの人にほめられ、ひとにぎりの人にけなされ、あと、残りの日本語の読み書きができる国民にはまったく無視される。無視する残りの国民の数は、一定しており、一億人くらいである。識字率をほぼ百パーセントとして、いま日本の人口は一億二千何百万かだそうだから、たとえ百万部を売り上げる本を書いた小説家の場合でも(また年少者の人口を除外してみても)、おおむねこのような計算になる。小説家は一億人に背を向けられている。国民的アイドルグループが仮にあるとしても、国民的作家は幻だろうと思う。

　ほめられるにしろ、けなされるにしろ、小説家はその、ひとにぎり、ふたにぎりの人々を相手に商売している。残り大多数の国民の与り知らぬところで、細々と物を書いている。それが僕の、二十八歳ではじめて本を書き、もうじき六十歳になる小説家としての実感である。

　だからやりがいがないとか、物書き稼業は儲からないとか嘆くのではなくて、ここはむしろ傍点を打って強調して、だからこそ、と先へ進む。

だからこそ、僕は長年小説家として生きながらえている。もし国民がこぞって僕の書いたものに注目し、唾を飛ばしてああだこうだ激論していたとすれば、デビュー作の時点でひとたまりもなかっただろう。一億の圧に耐えきれるわけもなく、ひとりの小説家を生かすか殺すか、国民が決を採るまえに、とっとと自分から逃げ出していただろう。

つまり、日本語の読み書きができる一億人に無視されてこそ、浮かぶ瀬もある、と言いたいわけである。無視され、見逃され、ほっといてもらえたおかげで、自分のペースを保ち、わがままを通せるところは通して、さほど窮屈な思いもせずにきょうまで小説を書いてこられた。僕みたいな愚かな人間でも、と限定すべきかもしれないが、どうにかこうにか、小説家を名乗って生きてこられた。

先日、テレビを見ていたら「ヤングの反対はロングだと思っていた」という出演者がいて、可笑しかったので笑ったのだが、笑いがおさまりかけたとき、あ、と小さく口をひらいたまま、記憶をよみがえらせて、とたんに嫌な汗が出てきた。他人を笑う資格が僕にあるのか？　あのときの僕がちょうど、読者の目に、ヤングの反対はロングだと思っている愚か者に映っていたんじゃないのか？

なんの話をしているかというと、もうここから『図書』連載時の思い出に入っている。時は二〇〇四年から二〇〇五年にかけて。

当時「書く読書」と題したエッセイの連載中に、幸田文の小説『流れる』の中から

「きんとんと云えば体裁がいいがいんぎんの煮豆」

という表現を抜き出して、その傍点の打たれたいんぎんが、漢字に直せば、

慇懃

なのだと思い込んでしまった。

いんぎんの煮豆とは、慇懃の煮豆である。

いったいどんな煮豆だよ？　といまの僕なら呆れて思うのだが、そのとき僕は、一般の人には到底追いつけない(であろう)愚か者の迷路というか一本道というかを突き進んでいて、辞書から慇懃の意味を強引に持ってきて、こう思った。これは、ていねいに煮込んだ煮豆のことだ。

その原稿が載った翌月、投書が殺到した。ほんの一瞬だが、僕は小説家として、一億の国民を相手に物を書いているような、注目を一身に集めているような思いを味わった。これがいんぎんの珍解釈を支持する投書なら天狗になっていたと思う。むろん正反対の投書ばかりだし、しかもどれもこれも、可笑しかったので笑った、みたいな

生ぬるい内容のものではなかったので、ただ怖かった。

このとき書いたものは、お詫びと訂正の文章もふくめて、いま『小説の読み書き』という本で読むことができる。この本もまた、出版されるとひとにぎりの人にほめられ(書評を書いてくれた人がいたのでわかる)、ひとにぎりの人にけなされ(これまでの経験からなんとなく想像がつく)、あと、残りの日本語の読み書きができる国民からは(幸いなことに)無視された。

おかげで僕の仕出かした愚かな過ちの顚末は、いまだに誰にも知られていない。読者の数からすれば、知られていないも同然、ということになる。過ちそのものの文章と、その訂正文とを同時収録した一冊の本、率直に言って図々しい体裁の本が、この日本で出版されている事実も、一億の国民には知られていない。

で、ここからは後日談になる。

数年前、iPodを手に入れて、たまに、原稿書きで目がしょぼしょぼに疲れて目薬さしても本も読む気が起きない、テレビも見たくない夜などに、落語を聴いて時間をつぶすようになった。明かりを消した部屋で横になって、イヤホンを付けて噺家の声に耳を傾け、ときおりフフッと独り笑いを洩らしたりするわけである。

あるとき『つるつる』(八代目桂文楽)という噺を聴いていた。するとこんなくだりがあった。湯上がりで、鏡台の前で諸肌を脱いでいる芸者のところへ、ご機嫌うかがいに顔を出した幇間が、いい肌ですね、餅肌ですね、などと遠慮なしの言葉を投げて、さらに、いいお乳ですな、あなたのお乳ってものは、と続けた直後に、

「麦まんじゅうへ、こう、いんぎん豆をのせたようですな」

と言う。確かに、いんぎん豆と聞こえる。

そう聞き取った瞬間に、ああこれか、と僕はむっくり起き上がった。幸田文が小説に書いていたのはこれなんだ。

もちろんその何年も前に、年配の方々からの数々の投書に教えられて、いんぎんの正体を僕は知ってはいたのだが、それは隠元の変化した語であるとか、東京の下町訛りであるとか、ただ単に、覚えても使い道のない古い言葉を知識として頭に詰め込んでいただけの話である。そこへこの落語の幇間が口にした女の乳首の喩えが、不意打ちとして耳に飛び込んできた。大げさに言えば、むっくり起き上がったそのとき、僕はこう思って興奮していた。これが幸田文の言ういんぎんか。こんなところに生きているのか。

といっても、幸田文よりもっと前に八代目桂文楽は死んでいるし、冷静に考えれば、生きるとか死ぬとかは人の定めで、言葉は古びて消えるものではなく、幸田文の小説

に書かれたいんぎんは常にそこにあるわけである。落語の言葉も、小説の言葉も、そこにある。あるけれど、愚かな人間は気づかない。その晩、時間をおいて徐々に、こんなことなら幸田文よりさきに桂文楽を聴いておけばよかったんだ、ただそれだけのことなんだ、と後の祭りの後悔がわいてきた。

以上。そんなわけで、いまさら僕がここに書いてみせるまでもなく、いんぎんの煮豆とは、いんげんの煮豆のことである。

なお落語の幇間が口にするもうひとつの喩え、麦まんじゅうのほうは、これも僕には聞きなじみのない言葉だし、いったいどれくらい膨らんだまんじゅうか？　とか気にならないこともないが、下手に触れればまた来月、投書が殺到する怖れがあるので、そのままほうっておく。

（『図書』十月）

［解説］

本気――伊坂幸太郎『残り全部バケーション』

小説とはストーリーを楽しむもの、とは言い切れない、ストーリーなら映画にも漫画にもある、小説には、小説ならではの面白さがあるはずだ、つまり、書き手の側に立てば、小説には、ストーリー以外にも、小説を面白くするための武器がある、そういう意味のことを、伊坂幸太郎はあるところで書いている。

ここでいうストーリーとは小説の筋のことで、それ以外の武器といっても小説の武器は書かれた文字、文章でしかあり得ないから、要は伊坂幸太郎は、面白い筋立てを考えつくのも大事だが、それが作家の仕事のすべてではない、考えた筋をどう文章に書いて人に読んでもらうか、そのために趣向を凝らす必要がある、と述べているわけだろう。正論である。反対するつもりはない。

ただ、それを読んだとき、僕は最初、ほんとかよ？と思った。

ほんとかよ？というのは、ちらっと頭をよぎったのだが、そこに書かれている正論に対してではなく、正論を書いている作家のほうへの疑念である。言葉にすればこうだ。伊坂幸太郎、これ、本気で書いてるのか？

なぜそんな失礼なことを(ちらっとでも)思ったのか、理由から入る。

第一に、この点に異論をはさむ人は誰もいないと思うけれど、伊坂幸太郎の小説のストーリーは断然面白いからである。なんといっても、ある朝主人公が目覚めたら、地図にも載っていない孤島にいて、その島で人間と案山子が殺される事件に巻き込まれるという、なんだよそれ？　そんなのありか、なめてんのか、みたいな、ところがいったん本をひらくと奇抜な設定の物語にぐいぐい引き込まれて読まされてしまい、恐れ入りました、そんな大胆不敵な小説でデビューした作家なのだ。しかもその後も数々の、多彩なストーリーの小説をものにしてヒットを飛ばし、いまや読者の圧倒的支持を得ている作家なのだ。伊坂幸太郎、ほかに武器が要るか？

第二に、その正論、すなわち、作家としてまっとうな姿勢の、そのまっとう側へ傾きすぎの姿勢が、どうも伊坂幸太郎には似合わないような気が(ちらっと)したからである。いわせてもらえば、一人娘をサイコパスに殺された夫婦の復讐譚、復讐譚であるからには深刻にならざるを得ないはずのところへのっけから、ママチャリに乗った死神を登場させるという、なんだよそれ？　あいた口がふさがらないわ、やっぱりなめてんだろ、同業者の諸先輩がたを、みたいな、ところが読み出したからにはもう止められず、時折くすっと笑わされながらも最終的に復讐は復讐で成し遂げられているのを見届けてしまい、お見事、そんな離れ業の小説を書いてしまう作家なのだ。いわば、まっとうが逆立ちしたような小説を現に書いているわけだから、たとえば異端とか、異端は語弊があるなら新機軸とか、奇想天外とか、いっそ物語の革命とかの評価に値する作家なのだ。そんな作家が姿勢を正し、お行儀のいい、正論を述べている。伊坂幸太郎、どうかしちゃったの？

以上が、ちらっと疑念が頭をよぎった理由である。

が、もちろん、伊坂幸太郎は本気なのだ。

まっとうは逆立ちさせるわ、読者はとりこにするわ、文学賞は受賞しちゃうわの、なにしろ当代随一の作家が、もし、たったの一行でもだが、心にもないことを書いているのだとすれば、世も末だろう。人はいったいなにを信じて本を読めばいいのだ。

小説の武器はストーリーだけではない。伊坂幸太郎は本気でそう考えている。

でここから、本書『残り全部バケーション』について、その本気を見てみよう。

まずこの小説では、区切られた場面ごとに、その頭に、1から始まる数字ではなくイラストが配置してある。黒塗りの、影絵のような、小さなイラストが頁を飾っている。あたりまえだがこれは小説の武器ではない。伊坂幸太郎作品に押されるスタンプみたいなものである。イサカじるしの小説、ということだ。さっき触れたデビュー作にも、ママチャリに乗った死神の登場する作品にも同様のスタンプは押してある。ほかの多くの作品にも、例外を挙《あ》げるほうが早いくらいに、押してある。

イサカじるし、といえばいかにも商品ぽくなって味気ないから、仮に小説が伊坂幸太郎からの読者への贈り物だとして、この本にある自動車だのランドセルだののイラストは(文庫の装幀やカバーのデザイン込みで)贈り物を読者に届けるさいのラッピングの一部、お洒落な包装紙の模様、と見なすことができるかもしれない。

あるいは、武器という言葉にこだわるなら、読者を射程にいれるためのイサカ的戦略ともいえるかもしれない。ただ文章だけ印刷された小説なら素通りする読者を、なにこのイラスト? 可愛い! と思わせて、文章にまで踏み込ませて、つまり至近距離まで引きつけて、生け捕りにする。そういう囮の役割をひょっとして担っているかもしれない。まあ、どっちにしても小説の武器とは呼べない。これが武器なら世界じゅうの小説はイラストだらけになる。

この小説は五つの章から成っている。

第一章の「残り全部バケーション」はこう書き出されている。

「実はお父さん、浮気をしていました」と食卓で、わたしと向かい合っている父が言った。

両親と娘の家族三人、食卓を囲んで秘密の暴露大会の真っ最中である。そこへ父のPHSに「友達になろうよ」とメールが届く、誰とも知れぬ人物から。なんだそれ？　場面変って、次に、そのメールを送信した側のストーリーが語られる。溝口と相棒の岡田、小説の重要な人物がここで出てくる。

実はこの、小説が始まってまだふたつ目の場面に、早くも伊坂幸太郎の本気が読み取れる。イサカじるしの本気が、いくつか。

なにより、奇妙なメールを受信した冒頭の場面からこのふたつ目の場面へ、ストーリーはすんなりと連結しない。冒頭の場面をA、ふたつ目の場面をBとすると、Aは「友達になろうよ」の奇妙なメールにYESの返信をする直前まで書かれているので、BはそのYESの返信を受信するところ、もしくは、メールを送信してYESの返信が来るか来ないかじりじり待っているところが書かれる。すんなりと連結するとそうなる。なるだろう。というか読者はそういうストーリーの進行を待っているはずだ。

ところが伊坂幸太郎は裏切る。ふたつの場面は時間的なずれをふくんで嚙み合わされている。そのせいで最初、話がどこへ飛んだのか方向感覚を見失い、ん？と宙吊りの気分を味わわされる。いささかの不安と、疑問も生じる。どこへ連れていかれるのか？でも書かれてあることは面白いので読んでしまう。読めば、ストーリーの嚙み合い方は見えてくるのだが、場面がAからBへ進んで即座に見えるようには、書かれていない。いったん宙吊りがあって、不安、疑問を経て、のちに納得が来る。なんならサスペンス、スリル、ミステリー、謎解きと言い換えてもいい。で、この、すんなりとはいかない場面の連結法を、ということはつまりストーリーを文章化するための趣向を、もっと大仕掛けに適用すれば、一見かけはなれて見える登場人物のストーリーがなんやかんやで最終的にきっちり一本に束ねられる、なんだよおい、ほれぼれするぜ、みたいな、伊坂幸太郎の読者にはすでにおなじみの「群像劇」とも呼ばれる長編小説に発展するだろう。

あと、Bの場面で登場する二人組、これもイサカじるしだ。コンビによる掛け合いは伊坂幸太郎の幾多の作品に描かれている。殺し屋の出てくるシリアスな(はずの)小説にも、まるで漫才やコントの台本を導入するかのように、二人組のおかしな会話がまぎれ込ませてある。小説の間口を広げるための趣向だろう。さらにここに登場する二人組のひとり、岡田青年、彼が場面Bの語り手だが、この人物設定も独特である。伊坂幸太郎の小説にはたいがい救いようのない悪玉が出てくる(第二章「タキオン作戦」の息子を虐待する父親とか)。でもその悪玉と対決する主人公・語り手は決して善人ではなく、罪のない一般市民でもなく(なにしろデビュー作の主人公はコンビニ強盗だし!)、じゃあどう言えばいいのか、本書第二章の岡田自身の台詞を借りれば「苺味とレモン味みたいにラベルが貼ってあるわけじゃない」もの、どうとも表せないもの、複雑な味わいのもの、けど憎めないキャラクターである。悪いことをしてるのに、ものは書きようで(当然コンビの掛け合いの会話がここで効いてくる)、憎めない人物と読ませてしまう。そう読ませてしまえば、もう小説は「レバーをドライブに入れたオートマ車」みたいに自然に前へ進むだろう。伊坂幸太郎、本領発揮だ。

さて、そこで、と、たとえば第一章の終盤、人がすっかりはけたあとパーティ会場の片隅のテーブルに居残っているような物寂しさが、そんな情景とは無縁の書き方がされているのに心に沁みてくるとか、第二章での、息子を虐待している父親を騙そうとする企みが、嘘を本当に見せるという意味で、伊坂幸太郎が小説を書く、その現場の作業とぴったり重なるんじゃないかとか、もっと(詳細に)指摘したいこの小説の読み所はあるのだが、紙幅の都合もあるし、そうのんびり構えるわけにいかない。この先は、一点に絞って急ぐ。

メールの返信の件だ。

第一章、冒頭の場面終わりで返信されることになるメール、それを受信した溝口・岡田側の反応は小説に描かれていない。伊坂幸太郎ならいくらでも面白く書けるはずの場面がなぜ書かれていないのか、正しい答えは本人に訊いてみなければわからないし、書かないのが正解かどうかも僕には判断がつかないけれど、ただ可能性としてなら、この省略は、この小説のラスト、こんな小気味いい締めくくりを用意できる同業者がほかにいるか？　と感嘆するしかないラスト数行、その名場面と呼応しているかもしれない。

そこでも溝口はメールの返信を待っている。

そしてメールは返ってくる。

で、肝心のそのメールに対する反応は再び省略されるわけだが、『残り全部バケーション』を最終章まで読んだ人には、次のように想像する権利が与えられる。

返信メールを見た溝口は「泣きべそをかく子供のような顔つきになる」だろうし、加えて、さらにもう一点、第一章でメールをきっかけに知り合った岡田と家族三人、厳密には元家族三人、彼らの交流はたぶんずっと続いているだろう。なぜなら、この小説は最後の最後に、メールの着信音を聴かせることで、読者に(それまで伏せられていた)幸福なストーリーを贈り届けるような趣向で書かれているからだ。

伊坂幸太郎はちゃんと前もって手をほどこしている。省略して、小説に書かないように見せて、実のところ、巧みに、第一章から岡田の運命をほのめかしている。ホテルのレストランで家族三人と食事をとったあとの、デザートを口にする場面、ほんの何行かで。

これを端的にいえば伏線だが、この作家がやっているのは、単なる辻褄合わせではない。くだくだ蛇足を書き並べることなしに、第一章の後日談から、重要な登場人物の生死の謎まで、つまり書かない部分も含めたストーリーの全体像を(ただメールの着信音を鳴らすことによって)ラストで一気に繰り広げて見せてしまおうという試み、勇気あるなおい、読者に全幅の信頼を置いてるな? みたいな、余人に真似のできない小説の書き方である。言い換えれば趣向は存分に凝らされている。ちらっとでも疑う余地はないと思う。伊坂幸太郎、誰よりも本気だ。

(『残り全部バケーション』解説、集英社文庫、十二月)

道のり

いまから五年前の夏、佐世保市内の、おいしいコーヒーを飲ませる小さな喫茶店、その奥まった席で、ふたりの編集者と、新しい小説の話をした。あたためていたタイトルを僕が口にすると、編集者はふたりとも曖昧な笑顔になった。たぶん最初は冗談だと思ったのだろう。鳩の撃退法、か。ベテランの編集者は言った。本気だというなら、じゃあ、それで書いてみせてもらおうか。

それから書き出すための準備にかかった。取材の真似事をし、送ってもらった資料を読み、自分で探して本を読んだ。こまめにメモも取った。もうひとりの若い編集者に話し相手になってもらい、登場(予定)人物の一覧とか、小説内で発生する(予定の)事件年表とかも作成した。予定通りいかないのは経験から学んでいるが、ともかく、それで書き出す勇気が溜まってきた。

小説の連載を始めたのは四年前の夏、書き終えるのにちょうど三年を要した。その時が三年経つあいだ、編集者たちは何度も佐世保を訪れ、そのたびにおなじ喫茶店の奥の席で小説の話をした。予定を超えて長くなる小説に作家は次第に怖れをなし、体調まで崩しかけていた。はるばる東京から来てくれたのに、夜の早いうちに彼らを置き去りにしてひとり帰宅したこともある。彼らの励ましは一貫していた。この小説は面白い、どんなに長くなろうとうちで本にするから、思う存分書いてほしい。作家にとって、これ以上の励ましはないと思う。

小説は昨年初夏に書き上がり、秋に上・下巻の本になった。いくつかの新聞、雑誌から取材の申し込みがあった。それらの取材もすべて、おなじ喫茶店の奥のテーブルで受けた。そのさい、かたわらには常に編集者がいた。『鳩の撃退法』の出版後、佐世保と長崎の書店でサイン会が催されたが、そのときの待ち合わせ場所もやはりおなじだった。おなじ喫茶店のいまやお決まりの席でコーヒーの香を嗅ぎながら、気がつくと、タイトルしか決まっていなかった頃から数えて、結局、僕たちは四年以上経ってもまだおなじ小説の話をしていた。

それからさらに、およそ一年が過ぎ、山田風太郎賞ノミネートの報がもたらされた。選考会の日に知らせをどこで受けるとかという話になったが、選択の余地はなかった。佐世保の喫茶店のあの指定席以外にないだろう。『鳩の撃退法』という小説の第一歩はそこから始まったのだから。で、当日の夕方、そのテーブルにまたしても三人顔を揃え、幸運の電話が鳴るのを待った。

書いた小説が文学賞を受賞した、と言葉にするのは簡単だし、起きた出来事もむろんただそれだけのことなのだが、ただそれだけの出来事以前の、小説を書く、書き上がった小説を本にする、本をどうにかして人に読んでもらう、そこまでの道のりが、いまなにしろ遥かに遠く、作家がたったひとりでたどり着けるほど平坦でもないと、いま振り返って言いたいことがあるとすれば、そういうことにつきる。

（『西日本新聞』十二月九日）

あとがき

さて今月はこれです。

先々月、

『かなりいいかげんな略歴　エッセイ・コレクションⅠ　1984―1990』

が発売され、先月、

『佐世保で考えたこと　エッセイ・コレクションⅡ　1991―1995』

が発売され、そして今月はこの本、

『つまらないものですが。　エッセイ・コレクションⅢ　1996―2015』

続けざまに三冊目です。

三冊とも良い本に仕上がりました。装丁も申し分ありません。それぞれ猫、象、豚のイラストをあしらった表紙の三冊を試しに並べてご覧になってください。なんだか愛着がわいてきますね。今後も末長く手もとに置いておきたい、三冊揃いで、そんな文庫本になりそうですね。ね？

まあ、それはそれとして、

いつまで、あと何ヶ月佐藤正午のエッセイ集につき合わされるんだ？　しかもこんな定価の高い文庫で、ともしや不満をお持ちだったみなさん、もしや不満を持ちつつも買い求め読んでいただいたみなさん、ありがとうございました。来月はありません。もう当分ありません。

もう当分ありません、といま書いている僕は今年六十九歳ですから、あるいは「当分」が表す将来的な時間の長さ次第では、これが最後になるのかもしれません。これが佐藤正午作家人生最後の本になる、とか大層な意味ではなく、さまざまな媒体に発表したエッセイを拾い集めたエッセイ集の、さらにその再編集版の文庫にあとがきを書くのは。あくまでそういう意味ですが。

一冊目の『かなりいいかげんな略歴』から二冊目の『佐世保で考えたこと』、それからこの『つまらないものですが。』まで通読されたかたならお気づきかと思います。

この三冊のエッセイ集は（時系列に沿って古い順に）一年ごとに区切りを設けて編集してあります。一年につき一章です。たとえば佐藤正午デビューの年に発表したエッセイは、一九八四年と章の扉に記され、そのあとにまとめて配置されています。毎年毎年いろんなところにいろんな文章を書いています。一冊目を開くとそれが一目でわかります。二冊目もそんな感じで続いていますね。

ところが三冊目のこの本に入ると変化が起きます。とくに二〇〇〇年代のなかば以降。それまでは一年ごとに必ず複数のタイトルの文章が並んでいたのに、突然、法則性が崩れます。一年にエッセイ一編だけの年があります。ゼロの年もあります。

なぜそうなってしまったのか？

なぜなら、と記憶をたどって僕が導き出した答えはこうです。

1　心身ともに不調をきたし一時期、休業していた。
2　昔と比べて原稿依頼の数が減った。
3　ただでさえ減ったエッセイの原稿依頼を断った（小説書きに余念がなくて）。

三冊目の時代に入って二〇〇七年にぽっかり穴が空いてるのは1で説明がつきます。二〇〇六年秋から翌年春まで約七ヶ月、僕は（ごくごく個人的に）休筆宣言を発し、やりかけていた仕事を中断、というか放棄しました。新規の依頼は一切引き受けず、ほぼ毎日競輪場へ通いながらリハビリにつとめた記憶があります。厳密にいえばその間、月に二日ないし三日程度歯をくいしばるようにして、細々と書き仕事を続けてはいたのですが、それはその仕事まで放り出せば全出版社とのつながりが完全に断ち切れ、休業ではなく廃業になりかねないという不安からでした。ひょっとしてそのギリギリの仕事に目を止めたのかもしれない他社の編集者が、事情を知らずに原稿依頼の電話をかけてきて、たまたま競輪場でその電話に出たせいで、何といえばいいのか、原稿を依頼される側として、休業中とはいえプロの作家としてあるまじき応対になってしまい、相手の編集者を怒らせた記憶もあります。かなり怒ったはずです、その人からの電話はそれが最後になりましたから。

続いて二〇〇八年と二〇一二年がエッセイ一編ずつ、二〇〇九年と二〇一〇年と二〇一一年と二〇一三年と二〇一四年には何も書いておらず、ブランクだらけになっているのは2と3が合わさった結果かと思われます。以前と比べてエッセイの依頼件数が減ったのは実感としてあります。それが寂しいとかではなくて、僕より若くて働き盛りの作家はいくらでもいるわけですから、その人たちへ原稿依頼が行くのは当然と考えます。僕が編集者でもそうします。新陳代謝。世代交代。むべなるかな、という心境ですね。おまけにこの時期、もう若くない作家は長編小説『鳩の撃退法』にかかりきりでした。頭を切り替えて小説以外の文章を書かなければならないのは正直、これも作家としてあるまじき言い草かもしれませんが、迷惑でした。

で、いま二〇二四年、ここから今後の話に戻ります。「もう当分ありません」の「当分」はどのくらいの時間をさすのか。

おおよその想像はつくでしょう。

昔と違っていろんな媒体にエッセイを寄稿しなくなった三つの理由のうち、1は消えてなくなりましたが、2と3は厳として動かしがたく存在します。時代が下るにつれてエッセイの原稿依頼は確実に減り、なおも減りつつあります。そして僕は相変わらず、たまーに来る依頼を迷惑がって小説書きに励んでおります。

すると僕がここで使う「当分」が、本来の辞書的な意味「しばらくの間」をはるかに超えた長い時間になりそうなのは想像がつきますね。本一冊分に相当する枚数のエッセイを書き溜める時間。もしかして佐藤正午、その「当分」を生き抜くほど長寿を保てないんじゃないか？　そんな心配も頭をもたげますね。ね？

ですから、これが最後になるかもしれないと言うのです。

この文庫のあとがきが「佐藤正午最後の挨拶」になるかもしれません。さまざまな媒体に発表したエッセイを集めた本の、さらにその再編集版の文庫に添えるあとがきとしての挨拶は。あくまでそういう意味ではありますが。

でも念のためここに書いておきます。

読者のみなさん、今日までありがとうございました。
長年のご愛顧、心より感謝致します。

佐藤正午

追記1
岩波書店HPで連載中のシリーズ物「小説家の四季」に、他の単発のエッセイ何編かを加えた一冊の本が刊行される可能性は、あるかもしれません。ただ仮に実現したとしても、これまでの経緯からして、文庫化の際には他のエッセイを外した純『小説家の四季』となるはずなので、そうなると外されたエッセイは「当分」――『エッセイ・コレクションⅣ』に相当する枚数のエッセイを書き溜めないかぎり――文庫には収録されず、僕があとがきを書く未来も訪れないだろうと、ここに書いたのはそういうことです。まわりくどくてすみません。

追記2
エッセイ集のご愛顧には感謝致しますが、この本はこの本で読んでいただいて誠にありがたいですが、できれば、同じ版元から出ている『月の満ち欠け』も、あと他社の本になりますが今年出た新刊も、来年出る予定の次の新刊も、本屋さんで見かけたら忘れずに手に取っていただければ幸いです。つまり作家稼業は続きます。エッセイ集ばかりじゃなくて、小説のほうも読んでみてくださいね。

＊本書は岩波現代文庫のために新たに編集された。底本を以下に記す。

『ありのすさび』（岩波書店、二〇〇一年）　ホームタウン／わが心の町／夏の夜の記憶

『象を洗う』（岩波書店、二〇〇一年）　この街の小説／裏話／悪癖から始まる／初めての文庫／言葉をめぐるトラブル／真夜中の散歩／悔やみ／街の噂／郵便箱の中身／金魚の運／子供の名前／大学時代／じわじわとはじまる／光に満ちあふれた日々／賭ける

『豚を盗む』（岩波書店、二〇〇五年）　毎日が同じ朝に／仕事用の椅子／食生活の内訳／〔書評〕盛田隆二『湾岸ラプソディ』／〔映画評〕『スウィート・ヒアアフター』／長く不利な戦い／〔映画評〕『きのうの夜は……』／憧れのトランシーバー／〔映画評〕『見知らぬ乗客』／わが師の恩――マスダ先生／草枕椀／時のかたち／〔解説〕谷村志穂『なんて遠い海』／〔書評〕関川夏央『本よみの虫干し』／つまらないものですが。／植物の「気」／〔映画評〕『トゥルー・ロマンス』／〔解説〕名香智子『桃色浪漫』／転居／親不孝／台所のシェリー酒／約束／お国自慢／エアロスミス効果

『小説家の四季』（岩波書店、二〇一六年）　〔解説〕現実――盛田隆二『夜の果てまで』／僕の一日／目覚まし／夢へのいざない／二戦二敗／〔解説〕私事――野呂邦暢『愛についてのデッサン――佐古啓介の旅』／忍者／〝結婚〟と書いて〝ゴミ袋まであさる〟と読む。／文芸的読書／〔書評〕きのう読んだ文庫――吉田修一『横道世之介』／作家の口福／いんぎんといんげん／〔解説〕本気――伊坂幸太郎『残り全部バケーション』／道のり

つまらないものですが。
エッセイ・コレクションⅢ ―1996-2015

2024年9月13日　第1刷発行

著　者　佐藤正午《さとうしょうご》

発行者　坂本政謙

発行所　株式会社　岩波書店
〒101-8002 東京都千代田区一ツ橋2-5-5
案内 03-5210-4000　営業部 03-5210-4111
https://www.iwanami.co.jp/

印刷・精興社　製本・中永製本

ISBN 978-4-00-602362-1　　Printed in Japan

岩波現代文庫創刊二〇年に際して

二一世紀が始まってからすでに二〇年が経とうとしています。この間のグローバル化の急激な進行は世界のあり方を大きく変えました。世界規模で経済や情報の結びつきが強まるとともに、国境を越えた人の移動は日常の光景となり、今やどこに住んでいても、私たちの暮らしは世界中の様々な出来事と無関係ではいられません。しかし、グローバル化の中で否応なくもたらされる「他者」との出会いや交流は、新たな文化や価値観だけではなく、摩擦や衝突、そしてしばしば憎悪までをも生み出しています。グローバル化にともなう副作用は、その恩恵を遥かにこえていると言わざるを得ません。

今私たちに求められているのは、国内、国外にかかわらず、異なる歴史や経験、文化を持つ「他者」と向き合い、よりよい関係を結び直してゆくための想像力、構想力ではないでしょうか。

新世紀の到来を目前にした二〇〇〇年一月に創刊された岩波現代文庫は、この二〇年を通して、哲学や歴史、経済、自然科学から、小説やエッセイ、ルポルタージュにいたるまで幅広いジャンルの書目を刊行してきました。一〇〇〇点を超える書目には、人類が直面してきた様々な課題と、試行錯誤の営みが刻まれています。読書を通した過去の「他者」との出会いから得られる知識や経験は、私たちがよりよい社会を作り上げてゆくために大きな示唆を与えてくれるはずです。

一冊の本が世界を変える大きな力を持つことを信じ、岩波現代文庫はこれからもさらなるラインナップの充実をめざしてゆきます。

（二〇二〇年一月）